L'AVIS DE Léa Olivier SUR

Les garçons

DE CATHERINE GIRARD-AUDET

Directrice de collection : Lisette Morival
Illustrations : Madeline Feuillat, Véronic Ly et Shutterstock
Mise en page : Madeline Feuillat et Giacomo Talone

Rue de la Blanche Borne, 15 – 6280 Gerpinnes (Loverval) – Belgique
www.kenneseditions.com

Dépôt légal avril 2014 — D/2014/13.105/8
ISBN : 978-2-8758-0021-3 – NUART : 64-8889-6

Impression : Lesaffre – Belgique

Sommaire

Nouvelle exclusive
de Léa Olivier

À : Marilou33@mail.com
De : Léa_jaime@mail.com
Date : Samedi 7 juillet, 13 h 21
Objet : C'est long !

Coucou, Lou !
Mon autobus est parti il y a une heure, et je trouve ça long ! J'ai tellement hâte d'arriver chez toi pour qu'on puisse se raconter nos vies et se serrer dans nos bras ! Il ne reste plus que trois petites heures. Zzz.
En plus, l'autobus est bondé et je n'ai pas réussi à avoir deux places pour moi toute seule. Je suis coincée à côté d'un gars qui n'arrête pas de faire craquer ses jointures, et qui mastique son chewing-gum comme si sa vie en dépendait.
Au début, il voulait s'asseoir sur le bord de l'allée, mais je me suis dit que si j'avais une envie de pipi et qu'il s'endormait, je devrais le réveiller et que ça me gênerait. Et juste le fait de penser à avoir une envie de pipi m'a donné l 'envie d'aller aux toilettes. Je lui ai donc demandé de s'asseoir sur le bord de la fenêtre.
La bonne nouvelle, c'est que je peux maintenant soulager ma vessie sans déranger personne et que je peux aussi observer tous les passagers de l'autobus. Comme je suis assise complètement à l'arrière, j'ai une bonne vue d'ensemble sur la population environnante.
La mauvaise nouvelle, c'est que je reçois parfois des bouffées d'odeur de toilette chimique, et que je ne

peux plus me poser sur le rebord de la fenêtre pour m'endormir. Si je ferme les yeux, j'ai peur que ma tête s'incline dangereusement vers mon voisin aux grosses jointures, et que je me retrouve couchée sur son épaule sans m'en rendre compte !
Au moins, le fait de t'écrire me distrait et fait passer les longues minutes qui me séparent encore du terminus. Je vais lire une de mes revues, et je te reviens s'il y a du nouveau dans mon autocar !
Léa xox

À : Marilou33@mail.com
De : Léa_jaime@mail.com
Date : Samedi 7 juillet, 13 h 49
Objet : Ça pue !

OK, je capote. Mon voisin-qui-se-fait-craquer-les-jointures a décidé de troquer son chewing-gum pour un gros sac de chips au fromage. Qui mange des chips puants dans un autobus ? Sais-tu à quel point ça empeste ?
En plus, les gens n'arrêtent pas d'aller aux toilettes, et chaque fois qu'ils ouvrent la porte, l'odeur des chips au fromage se mélange au reste... Tu peux t'imaginer le résultat.
Je m'en veux de m'être assise à l'arrière de l'autobus ! Depuis qu'on est jeune on pense que c'est cool d'être dans les derniers bancs, et aujourd'hui, je réalise que c'est de la foutaise. En plus, je ne suis pas dans un

autobus scolaire jaune où je peux me la jouer devant les autres élèves, je suis dans un autobus voyageur bondé de gens qui ont envie de faire pipi et qui se fichent que je sois cool ou non !
Je pourrai dire que j'ai appris ma leçon !

À : Marilou33@mail.com
De : Léa_jaime@mail.com
Date : Samedi 7 juillet, 14 h 18
Objet : OMG !

Je suis de retour avec de nouvelles péripéties ! Quand le trafic près des toilettes s'est enfin calmé et que mon voisin est venu à bout de son sac de chips, j'ai décidé d'en profiter pour fermer les yeux pendant quelques instants.
Je commençais à me détendre quand j'ai senti une présence au-dessus de moi. J'ai vite ouvert les yeux et j'ai aperçu un gars VRAIMENT *cute* qui attendait pour les toilettes.
Mon regard a croisé le sien et je me suis sentie rougir. Il ressemblait à Alex, mais en encore plus mignon. Il avait ses écouteurs sur les oreilles, et je me suis demandé quelle musique il écoutait.
Juste au moment où il s'apprêtait à entrer dans les toilettes, le chauffeur a freiné brusquement et le gars vraiment *cute* a perdu pied. Il s'est accroché à mon siège et sa jambe a frappé la mienne.
Lui (en enlevant un écouteur) : Excuse-moi ! Ce

n'était pas voulu.
Même si j'aurais préféré qu'il me dise qu'au contraire, c'était voulu, et qu'il m'avoue qu'il avait feint de tomber pour se rapprocher de moi, car il se mourait d'envie de me connaître, je me suis contentée de sourire.
Moi : Pas de problème.
Il a ensuite disparu dans la cabine des toilettes. J'espérais de tout mon cœur que le chauffeur fasse une autre manœuvre douteuse qui le fasse à nouveau trébucher sur moi lors de sa sortie, mais ce ne fut pas le cas.
Il s'est contenté d'ouvrir la porte et de regagner son siège sans me regarder. Peut-être qu'il a honte d'avoir perdu pied, et qu'il veut avoir l'air d'un gars sûr de ses moyens ?
J'ai remarqué qu'il était assis cinq sièges en avant de moi, dans la rangée opposée. Une fille brune est assise à côté de lui, mais je n'arrive pas à voir s'ils se connaissent. J'aimerais trouver un moyen subtil de les observer, mais comme les toilettes sont situées à 20 cm de moi, ce serait bizarre de faire un détour par l'avant du bus !
Je continue mon observation et je te tiens au courant !
Xx

À : Marilou33@mail.com
De : Léa_jaime@mail.com
Date : Samedi 7 juillet, 14 h 31
Objet : J'ai trouvé ! Mais je me suis plantée !

C'est mon voisin qui vient de me donner une idée de génie !
J'étais en train de m'étirer le cou pour essayer d'espionner le gars *cute* et la fille à côté de lui lorsque Monsieur Chips a tapoté mon épaule.
Lui : Excuse-moi, mais est-ce que tu sais si cet autobus s'arrête à Québec ?
Moi : Non, je n'en ai aucune idée.
Lui : C'est bête. J'aurais dû le demander au chauffeur. Un ami doit venir me porter un colis, et je lui ai dit de m'attendre au terminus de Québec, car mon autobus allait y faire un arrêt, mais je ne suis même pas sûr qu'on passe par la ville !
J'ai alors sauté sur l'opportunité pour lui offrir mon aide.
Moi : Je peux aller demander au chauffeur, si vous voulez.
Lui : C'est gentil, mais je vais y aller.
Moi (d'un ton un peu trop agressif) : NON ! Je m'en occupe. Après tout, je suis assise sur le bord de l'allée... et... j'ai besoin de me dégourdir les jambes.
Je me suis levée avant qu'il n'insiste davantage et je me suis dirigée vers l'avant de l'autobus. Quand je suis arrivée à la hauteur du gars mignon, j'ai essayé

d'adopter une démarche sexy.
Je me suis finalement rendue jusqu'au chauffeur, qui m'a annoncé que nous n'arrêtions pas à Québec.
Le moment tant attendu était arrivé. J'allais me retourner pour regagner mon siège et j'allais pouvoir croiser le regard du gars *cute*.
Mais quand je me suis approchée de lui, j'ai remarqué qu'il avait les yeux fermés. Merde. Il n'avait même pas vu ma démarche sexy, et mon plan débile n'avait servi à rien !
Puis je l'ai vue, ELLE. La fille assise à côté de lui. Un sosie de Sarah Beaupré, mais avec un visage encore plus beau. Elle dormait à poings fermés et sa tête frôlait l'épaule de MON *kick*. J'ai fait semblant de me gratter la jambe pour gagner quelques secondes et les observer de plus près. Ils ne se tenaient pas par la main, et il n'y avait aucun autre indice m'indiquant qu'ils sortaient ensemble ou qu'ils se connaissaient.
Les gens assis sur le siège derrière eux ont commencé à me dévisager, et j'ai réalisé que je me tenais devant eux depuis au moins vingt secondes en me grattant vigoureusement les deux jambes. Ils devaient penser que j'avais la gale.
J'ai toussoté et je m'apprêtais à avancer quand mon *kick* a ouvert les yeux.
J'ai souri quand son regard a croisé le mien, et il m'a regardée d'un drôle d'air.
Lui : Je peux faire quelque chose pour toi ?
Moi : Euh... Non, non. Je... Je me grattais. Bye.

Puis j'ai regagné mon siège en fixant le sol. La honte. Le gars doit me prendre pour une folle ! Il ouvre les yeux et il voit la fille niaiseuse, qui a décidé de s'asseoir près des toilettes, qui est plantée à côté de lui et qui l'observe en se grattant comme un singe. Heureusement que sa voisine ne m'a pas vue ! Je me demande qui elle est. Une inconnue ? Sa cousine ? Sa sœur ? Son amie ? Sa blonde ? Non ! Faites que ce ne soit pas sa blonde !

Je me suis rassise en pensant à tout ça.

Monsieur Chips : Et puis ?

Moi (en écarquillant les yeux) : Et puis quoi ?

Monsieur Chips : Est-ce que l'autobus arrête à Québec ?

Oups ! J'avais oublié l'objectif premier de ma balade.

Moi : Ah ! Euh, non. Le chauffeur m'a dit qu'il n'arrêtait pas à Québec.

Monsieur Chips s'est mis à jurer tout haut et à tapoter frénétiquement son iPhone. J'imagine qu'il prévenait son ami de ne pas se déplacer pour rien. J'avoue que je suis un peu soulagée. C'est louche cette histoire de colis, non ? Il s'agissait peut-être d'une caisse complète de chips puantes au fromage !

Bon, je vais essayer d'oublier mon humiliation en me replongeant dans ma lecture.

À tantôt !

Léa

À : Marilou33@mail.com
De : Léa_jaime@mail.com
Date : Samedi 7 juillet, 15 h 17
Objet : Oh-oh.

Lou ! L'autobus fait un clac-clac-clac et on roule de moins en moins vite. Tout le monde se regarde d'un air inquiet. Je pense que le chauffeur connaît des ennuis ! Je veux qu'on se rende jusqu'à chez toi ! Il ne reste qu'un peu plus d'une heure de route ! Je te reviens sous peu avec plus de détails !

À : Léa_jaime@mail.com
De : Marilou33@mail.com
Date : Samedi 7 juillet, 15 h 38
Objet : T'es où ?

C'est génial que tu aies le *wifi* dans le bus ! Je viens de lire tous tes courriels et je suis tes aventures avec intérêt ! Je comptais partir dans une trentaine de minutes pour être à l'heure au terminus, mais je n'ai pas de nouvelles de toi depuis les bruits bizarres ! Tout va bien ? Tu roules ? Le gars *cute* est-il retourné aux toilettes ? J'ai trop hâte de te voir !
Lou xox

À : Marilou33@mail.com
De : Léa_jaime@mail.com
Date : Samedi 7 juillet, 16 h 02
Objet : Misère...

Coucou, Lou !
Désolée de ne pas t'avoir répondu avant ! Mon téléphone n'a plus de batterie, et comme le moteur de l'autobus était éteint, je n'avais plus accès au *wifi* !
Tu as bien entendu : le moteur était éteint parce qu'on a fait une panne. Le clac-clac s'est transformé en pouf-pouf et on s'est arrêtés sur le bord de l'autoroute. Il y avait de la fumée qui sortait du moteur ! Le chauffeur est sorti après nous avoir demandé de rester assis pendant qu'il allait voir ce qui n'allait pas. Il s'est ensuite mis à discuter au téléphone en gesticulant. Comme il fait 1 000 degrés dehors et que l'air conditionné ne marchait plus, je commençais à cuire !
Je me suis levée d'un bond pour aller demander au chauffeur si tout allait bien (autre stratégie pour passer devant mon *kick*), mais comme mes cuisses étaient collées sur mon siège (oui, je porte une jupe !), ça a fait un gros PROUT et tout le monde s'est retourné vers moi. Incluant mon *kick* et sa voisine-super-belle-qui-m'énerve-parce-qu'elle-est-peut-être-sa-blonde !
J'ai toussoté et me suis avancée vers l'avant de l'autobus comme si de rien n'était. J'espère que le

gars *cute* ne pense pas que j'ai pété devant tout le monde !
Un monsieur s'est joint à moi pour prendre des nouvelles. Lorsqu'il a raccroché, le chauffeur nous a expliqué que le turbomachin avait lâché, et que la compagnie avait envoyé un autre autobus pour venir nous chercher et nous amener à bon port.
Quand j'ai regagné mon siège, j'ai surpris mon *kick* qui se présentait officiellement à la brune. Il s'appelle Jean-Philippe, et comble de l'ironie, elle s'appelle Sarah-Jeanne. Elle fait donc partie de la grande famille des Sarah !
J'ai ainsi eu la confirmation qu'ils ne se connaissaient pas avant le début du voyage, mais ce qui m'énerve, c'est qu'ils sont maintenant en train de tisser des liens pendant que je suis coincée à côté de Monsieur Chips. C'est injuste !
Nous attendons le nouvel autobus depuis quinze minutes. Au moins, le chauffeur a réussi à allumer le moteur, ce qui nous permet de nous rafraîchir et d'utiliser Internet !
Je te réécris sous peu avec plus d'infos. Dès qu'on repartira, tu pourras calculer qu'il ne me reste qu'une heure de route avant d'arriver chez toi ! J'ai hâte !
Léa xox

À : Léa_jaime@mail.com
De : Marilou33@mail.com
Date : Samedi 7 juillet, 16 h 11
Objet : Bien reçu !

Pauvre toi ! Tu as un mauvais karma avec les transports en commun ! Au moins, ça te laisse plus de temps pour te rapprocher du gars *cute* ! Essaie de lui sourire ou d'aller lui parler, tant qu'à faire ! On s'en fout de la fille ! Tu as autant de chances qu'elle !
Donne-moi vite de tes nouvelles !
Lou xox

À : Marilou33@mail.com
De : Léa_jaime@mail.com
Date : Samedi 7 juillet, 16 h 33
Objet : JE CAPOTE.

Pas d'autobus encore. Le chauffeur coupe et rallume le moteur toutes les cinq minutes et je commence vraiment à étouffer dans mon trou qui sent le pipi !
Il dit que c'est trop dangereux de nous laisser sortir sur le bord de l'autoroute, alors on doit rôtir ici.
Et le gars *cute* n'a toujours pas bougé de son siège. Il est en grande discussion avec sa voisine depuis tantôt. Elle m'énerve. Et comme tous les sièges sont occupés, je ne peux pas m'inviter à côté de lui. Grrr.

À : Marilou33@mail.com
De : Léa_jaime@mail.com
Date : Samedi 7 juillet, 16 h 41
Objet : JE CAPOTE PRISE DEUX.

Mon voisin a entamé un deuxième sac de croustilles. Des crottes de fromage. Je pense que c'est pire que des chips.
Et Sarah-Jeanne l'énervante est allée faire pipi et m'a envoyé un petit sourire suffisant. Je crois qu'elle sait que je les observe. Elle m'énerve encore plus.
JE VEUX QUE L'AUTOBUS ARRIVE, BON !

À : Marilou33@mail.com
De : Léa_jaime@mail.com
Date : Samedi 7 juillet, 17 h 30
Objet : Coup de chance !

Ça y est ! Je viens d'embarquer dans le nouvel autobus... Deux heures plus tard dans les Maritimes ! Et devine quoi ? Je suis assise à côté de mon *kick* ! Après l'avoir vu discuter avec sa Sarah-Chose pendant trente minutes, je pensais que la bataille était perdue !
Mais quand le chauffeur nous a demandé de nous lever pour changer d'autocar, j'en ai profité pour me faufiler rapidement vers l'avant et m'interposer entre lui et sa voisine brune !

Nous avons ensuite avancé à la queue leu leu jusque dans l'autre autobus. Mon *kick* s'est assis sur le deuxième siège en avant (il voulait certainement fuir les odeurs de toilette), et il a levé les yeux vers moi. J'ai alors décidé de foncer.

Moi : Je peux m'asseoir ici ?

Mon cœur battait fort. Allait-il me dire qu'il avait déjà promis à la Sarah de s'asseoir à côté d'elle ?

Lui (en me souriant) : Bien sûr.

Moi (en souriant aussi) : Merci !

Lui : Je m'appelle Jean-Philippe.

Moi : Et moi, c'est Léa. Et je suis très contente de repartir d'ici.

Lui : Moi aussi. J'ai faim, ça pue et je n'ai jamais de chance avec les autobus.

Wow !

Sarah-Jeanne est passée devant nous et m'a envoyé un regard noir avant de s'installer sur le siège directement derrière celui de Jean-Philippe pour mieux attirer son attention.

Elle (en tapotant l'épaule de mon *kick*) : Coucou ! On va pouvoir continuer à parler !

Lui (en se tournant la tête) : J'aimerais vraiment ça, mais ça me donne mal au cœur de regarder par en arrière.

Hourra ! Ça explique pourquoi il m'a ignorée dans le premier autobus, et ça me confirme que j'ai tué sa « relation » avec Sarah-Jeanne ! Bon, je retourne lui parler ! Il ne me reste qu'une heure pour le charmer !

À : Marilou33@mail.com
De : Léa_jaime@mail.com
Date : Samedi 7 juillet, 17 h 38
Objet : Quand ça va mal...

Salut. Je suis déjà de retour. Quand j'ai fermé le couvercle de mon ordi, Jean-Philippe s'est tourné vers moi.
Lui : Tu fais un travail ?
Moi : Non, j'écrivais un courriel à mon amie.
Lui : Ton ami ? Ou ton chum ?
Moi : Non ! Mon amie avec un E !
J'étais aux anges. Il me demandait subtilement si j'avais un chum. Ça voulait sûrement dire qu'il était intéressé.
Lui : Oh ! Et est-ce que tu retournes chez toi ?
Moi : En fait, je m'en vais rendre visite à ma meilleure amie dans mon ancienne ville. J'habite à Montréal, maintenant. Je voulais juste la prévenir que j'allais arriver pas mal en retard.
Lui : Ah, c'est une bonne idée, ça ! Je peux te l'emprunter pour prévenir chez moi ? Je ne veux pas qu'ils s'inquiètent, et je n'ai pas de téléphone.
Moi : Pas de problème. Tu veux prévenir tes parents ?
Lui : Non. Ma blonde. C'est elle que je vais voir en fin de semaine. On va célébrer nos deux ans ensemble.

Voilà. J'ai détourné les yeux, et j'ai vu que Sarah-Jeanne souriait derrière moi. Comment ai-je pu m'imaginer que moi, Léa Olivier, allait connaître le grand amour dans un autobus voyageur qui pue et qui tombe en panne ? Lol !

Je dois te laisser, car il attend que je lui prête mon ordi... pour prévenir sa blonde ! Mais au moins, je sais que je verrai ma *best* dans moins d'une heure et qu'on pourra rire ensemble de mes malheurs !

Léa xox

[L] Lexique des mots

BFF/Best – *Best Friend For ever*, meilleure amie.

Blonde – Petite amie, amoureuse.

Capoter – S'énerver, flipper, halluciner.

Chum (se prononce chom) – Petit ami – amoureux.

Cute (se prononce Kiout) – Mignon.

Kick – Coup de cœur.

Niaiseuse – Qui a l'air bête.

Les trucs de Léa Olivier

Comment convaincre nos parents de nous laisser sortir

- Leur promettre de les appeler toutes les heures si ça peut les rassurer.
- Faire un compromis en promettant qu'en échange, on passera un samedi soir à regarder un film avec eux (ou un documentaire ennuyant si ça peut faire plaisir à mon père).
- Leur dire que, jusqu'à preuve du contraire, on est digne de confiance.
- Les supplier en faisant des petits yeux piteux comme le chat dans Shrek.

Comment choisir entre deux gars.

- Se demander avec lequel on est le plus à l'aise.
- Se demander lequel fait le plus battre notre cœur.
- Si la réponse à la première et à la deuxième question n'est pas la même, alors apprendre à mieux connaître chacun des garçons pour y voir plus clair !

Comment aborder un garçon mignon sans devenir rouge tomate ?

- Se dire encore et encore que c'est un garçon comme les autres.
- Trouver une question pertinente à lui poser pour garder son sang-froid.
- Se dire qu'après on va être fière de soi.
- Se dire qu'au pire, s'il n'est pas intéressé, ça nous fera un nouvel ami !
- Se dire que même si on devient rouge tomate, peut-être qu'il va trouver que ça nous donne un beau teint !

Amour

Sentiment universel

Que ferait-on sans amour ? En effet, il s'agit d'un sentiment universel extrêmement important qui régit souvent nos comportements. Il existe divers types d'amour : l'amour fraternel, l'amour amical, l'amour familial, l'amour pour son chien, pour ses biens matériels, pour son confort, l'amour pour la vie, l'amour pour soi-même et, bien sûr, l'amour pour son petit ami !

En règle générale, toutes les filles veulent être aimées, que ce soit de leurs amis, de leurs parents, de leur famille ou de leur copain. Il est très important d'apprendre à aimer les autres et à être aimée. On a souvent tendance à croire qu'il s'agit d'un sentiment acquis et qu'il est facile d'aimer, mais cela peut souvent nous jouer des tours. Par ailleurs, vous devez apprendre à vous faire aimer des autres et à jouir de ce sentiment. Quand on se sent aimée, on se sent forte et confiante. L'amour nous donne le sentiment d'être importantes, désirées et choyées. Ce phénomène est aussi vrai avec ses amis et sa famille qu'avec un garçon. Je sais que la plupart des filles rêvent de connaître le grand amour, alors s'il frappe à votre porte, vous devez l'accueillir et en profiter au maximum. Même quand ça fait mal, on ne regrette jamais d'aimer ou d'avoir aimé.

Ça ne m'arrivera jamais !

Si vous n'avez pas encore connu l'amour, prenez votre mal en patience. On ne sait jamais quand l'amour nous tombera dessus. C'est souvent au moment où l'on s'y attend le moins. Il faut simplement y croire et être ouverte à cette éventualité. En attendant, vous avez des milliers de choses à faire et à découvrir, des moments précieux et uniques à partager avec les gens de votre entourage que vous aimez d'une autre façon. On ne peut pas décider de tomber amoureuse du jour au lendemain, et on ne choisit pas non plus qui on aime. Il arrive parfois qu'on tombe follement amoureuse d'un garçon plus vieux que nous, qui fait craquer toutes les filles, mais qui ne semble même pas remarquer notre existence. Plutôt que de pleurer sur votre sort, apprenez à apprivoiser le sentiment amoureux et à en profiter au maximum. D'accord, la situation n'est pas idéale, mais c'est quand même génial de sentir votre cœur qui s'emballe chaque fois que vous le voyez ! Vous savez que cet amour est impossible, mais c'est justement ce qui le rend encore plus charmant. Dites-vous que vous rencontrerez bientôt un garçon parfait pour vous avec qui vous pourrez partager toutes ces palpitations.

Coup de foudre

Le coup de foudre, c'est quand vous tombez amoureuse de quelqu'un dès la première fois que vous le voyez. Il vous suffit d'un regard pour tomber sous son charme. Est-ce que le vrai coup de foudre existe ? Bien sûr ! Est-ce qu'il dure toujours ? C'est moins évident. Quand on a un coup de foudre, on aime l'autre sans trop le connaître. C'est une sorte de chimie entre deux personnes qui est plutôt inexplicable et magique, mais il faut se rappeler que personne n'est parfait et qu'à force de côtoyer quelqu'un, on découvre ses défauts et ses petits travers. C'est souvent quand on se rend compte que l'autre n'est pas parfait que le coup de foudre s'éteint. Il peut toutefois se transformer en véritable amour parce que vous réalisez alors que les défauts de l'autre le rendent humain, et que vous l'aimez en dépit de ses petites imperfections. Après tout, ce n'est pas comme si vous étiez vous-même parfaite… et vous vous complétez si bien !

L'amour de soi

On ne le dira jamais assez : il faut d'abord apprendre à s'aimer soi-même pour mieux aimer les autres. S'aimer soi-même, c'est s'accepter telle que l'on est, et apprendre à apprécier ce qui nous définit si bien. Quand on s'aime, on a confiance en soi et on dégage une énergie qui attire inévitablement les autres vers nous. Ce n'est pas en changeant de coiffure que vous ferez tomber le garçon de vos rêves, c'est plutôt en montrant que vous savez ce que vous valez et en étant sûre de vous. C'est une question d'attitude et non d'apparence physique, alors il faut cesser de douter de vous et de vos capacités. Vous devez apprendre à accepter et apprécier vos défauts et votre corps sans vous laisser abattre par vos complexes. Vous êtes géniale et les gens gagnent à vous connaître ! Inversement, quand on aime, on se sent confiante. On se sent sûre de soi, complète et bien dans sa peau. C'est pour toutes ces raisons qu'il faut vous ouvrir à l'amour. Laissez tomber votre pudeur et n'ayez pas peur de prendre des risques, car c'est l'amour qui donne du sens à la vie.

Quand ça tourne mal

Si vous avez le cœur brisé et que vous ne croyez plus en l'amour, il faut vous laisser le temps de cicatriser et de reprendre confiance en vous. Avec le temps, la blessure guérira et vous serez prête à aimer de nouveau. Vous êtes encore jeune, et ça ne sert à rien de devenir aigrie ou défaitiste. Ce ne sont pas toutes les histoires d'amour qui se terminent mal. Vous devez croire en l'amour et apprendre à aimer sans compter. Car on ne regrette jamais d'avoir aimé, bien au contraire, ce sont souvent les souvenirs qui nous restent le plus longtemps et qui nous font sourire tout au long de notre vie. Quand on aime ou qu'on a connu l'amour, on en veut toujours plus ! Vous devez donc être heureuse d'avoir vécu cela et de vous être sentie aussi vivante. Si vous attendez toujours le grand amour, soyez patiente et gardez le sourire ! Songez aux gens qui vous entourent et qui vous aiment. Ce n'est pas rien. Apprenez aussi à aimer les autres, à offrir, à vous ouvrir et à sourire à la vie. Tôt ou tard, quelqu'un fera battre votre cœur, et ce sera à vous d'écrire votre petite histoire d'amour.

Amoureuse

Moments de bonheur d'une grande intensité

Nombreuses sont les filles qui m'écrivent parce qu'elles sont amoureuses et qu'elles ressentent une sorte de fébrilité inconnue qui les insécurise. D'autres me confient qu'elles aiment en silence et souffrent de ne pas oser déclarer leur amour. Dans les deux cas, je leur réponds qu'il vaut mieux foncer et qu'en amour, qui ne risque rien n'a rien !

Quand on est amoureuse, il y a des symptômes qui ne trompent pas. On est dans la lune, on se sent légère, heureuse, au septième ciel. On vit des moments de bonheur d'une grande intensité et on ne se reconnaît plus. On se sent complète, épanouie, bien dans sa peau.

Peu importe ce qui arrive, on ressent une légèreté et une joie de vivre qui surpassent tout le reste.

Bien sûr, tout n'est pas parfait quand on est amoureuse. On apprend à connaître l'autre et on découvre ses petits défauts. On apprend également à être plus généreuse, à faire des compromis, à marcher sur notre orgueil. On a aussi parfois des disputes qui nous mettent tout à l'envers et qui nous donnent envie de pleurer, et quand on n'est pas avec notre amoureux, on ressent un vide immense et on a l'impression que le temps passe très lentement. On se sent un peu dépendante et complètement parano. Rassurez-vous, ça fait partie de l'amour.

L'important, c'est de vous efforcer de laisser tomber votre peur et vos incertitudes. Il faut vaincre votre angoisse et profiter pleinement de ce qui vous arrive. L'amour ne peut pas se contrôler et il a souvent tendance à nous pousser aux extrêmes, alors il faut simplement assumer ce sentiment de vulnérabilité et apprendre à se laisser aller. L'inconnu nous fiche souvent la trouille, surtout lorsqu'il s'agit d'un sentiment d'une aussi grande intensité. Vous devez cependant apprendre à jouir de la vie et des imprévus qui se dressent devant vous plutôt que de vous refermer sur vous-même et de craindre le pire. Si vous ne vivez pas votre amour pleinement, vous risquez de le regretter amèrement, et même si vous vous faites mal en cours de route, dites-vous que cela fait partie de l'apprentissage. Une expérience amoureuse est pleine de rebondissements et d'imprévus. Quand on est amoureuse, on traverse des moments d'extrême bonheur et des moments de détresse incommensurable. Comme on se sent vulnérable, on devient hypersensible et un rien nous affecte. Dites-vous que c'est grâce à ces expériences que vous deviendrez plus forte et que vous apprendrez à vous connaître davantage. Par conséquent, n'ayez pas peur de foncer.

Si vous faites face à un obstacle, il faut apprendre à le surmonter, et si vous connaissez un échec amoureux, il faut, à un moment donné, vous relever et continuer de foncer.

Si vous n'avez jamais été amoureuse, il faut prendre votre mal en patience, car l'amour frappera bientôt à votre porte. On ne sait jamais quand on tombera amoureuse. Certaines vivent le grand amour à 10 ans, d'autres à 16 ans, d'autres à 25 ans et d'autres encore à 50 ans ! L'important c'est d'ouvrir ses yeux et son cœur, et d'apprendre à aimer et à être aimée. Profitez de votre célibat pour passer du temps avec vos amies et pour vous impliquer dans toutes les activités qui vous feront découvrir des choses nouvelles et rencontrer de nouvelles personnes. N'allez pas croire que ça ne vous arrivera jamais, car c'est faux. L'important, c'est d'apprendre à vous apprécier, à vous connaître et à avoir confiance en vous, car ce sont là des qualités qui attirent les autres vers nous et qui nous font sentir encore plus désirables. Pour le reste, il suffit d'attendre. L'amour arrive souvent quand on s'y attend le moins !

Vous avez un message

De : laurie.noos@mail.com

Je suis très amoureuse d'un garçon et j'ai entendu dire qu'il m'aimait lui aussi. Mais je ne trouve pas les bons mots pour lui dire ! Certaines de mes amies me disent de foncer, mais les autres me recommandent d'attendre et pensent que c'est lui qui doit me demander. Qui dois-je écouter ? Que ferais-tu, toi?

De : Léa_jaime@mail.com

Chère Laurie,

Je crois moi aussi que tu devrais foncer. Ce que je conseille souvent de faire, c'est de commencer par écrire ce que tu veux lui dire. C'est tellement plus facile d'exprimer ses sentiments par écrit et tu seras sûre d'utiliser les bons mots ! Tu décideras ensuite si tu préfères lui envoyer un e-mail, lui écrire une lettre ou simplement lui dire ce que tu as écrit. Je sais que ce n'est pas facile, mais si tu ne risques rien, tu seras en attente jusqu'à ce qu'il se décide. Pour peu qu'il soit timide alors cela pourrait durer une éternité !

De : CamilleCoccinelle@mail.com

Bonjour Léa,

J'ai 14 ans et je n'ai jamais eu de petit ami. Je me sens un peu en retard sur les autres. Je n'ai jamais embrassé de garçon. Dis-moi, si c'est normal ? As-tu des trucs à me donner pour me faire un petit copain ?

De : Léa_jaime@mail.com

Bonjour Camille !

Ne t'en fais surtout pas, car tu es loin d'être la seule fille de 14 ans qui n'a jamais eu de petit copain. La vérité, c'est que chacune va à son rythme. C'est pour cette raison qu'il vaut mieux ne pas se comparer aux autres. L'important, c'est que tu sentes le bon moment. Embrasser un garçon est une chose qu'il faut faire quand on en a envie et pas pour faire comme les copines. Pour un premier baiser, choisis un gars que tu aimes bien et qui te respecte.

Ne va surtout pas t'imaginer que tu ne rencontreras jamais personne ! Je suis certaine que tu finiras par trouver quelqu'un avec qui tu auras envie de franchir cette étape. Quant aux trucs pour séduire, il n'y a pas de recettes miracles pour trouver "un chum", comme on dit au Québec, mais je crois que ça vaut la peine de t'ouvrir aux gens qui t'entourent et de ne pas hésiter à faire les premiers pas. Quand tu le rencontreras, souris à celui qui te plaît pour qu'il sache que tu existes et que tu l'aimes bien ! Après tout, qui ne risque rien n'a rien !

Caresse

Manifestation corporelle d'affection

Une caresse est une façon toute simple d'exprimer sa tendresse, son affection et son amour.
Il s'agit d'un langage corporel servant à manifester ses sentiments envers quelqu'un, qu'il s'agisse d'un parent, d'une amie ou de son amoureux.

Il est important d'apprendre à donner et à recevoir des caresses, et de s'ouvrir à l'affection des autres. À l'adolescence s'installe souvent une sorte de pudeur émotionnelle qui nous empêche de témoigner notre amour et de manifester nos sentiments par des gestes. Sachez toutefois qu'une caresse peut véritablement rendre les autres heureux et vaut parfois plus que mille mots.

En effet, quand vous faites une caresse à quelqu'un, vous lui communiquez vos émotions ainsi que les mouvements de votre âme et de votre cœur, et personne n'est indifférent à un tel témoignage d'amour. Même s'il vous arrive de jouer les dures, une accolade est parfois tout ce dont vous avez besoin pour retrouver le sourire et vous sentir mieux. La difficulté dans tout cela, c'est d'exprimer ce besoin d'affection et de laisser tomber sa pudeur pour recevoir un câlin. Si vous apprenez à faire des caresses et à manifester votre amour pour les autres, ceux-ci auront tôt fait de vous rendre la pareille.

N'oubliez pas qu'une caresse peut changer bien des choses

Que ce soit avec votre père, votre mère, votre amie ou même votre petit frère, il ne vous coûte rien d'exprimer votre amour et votre affection par une caresse de temps à autre. Vous devez aussi apprendre à laisser votre pudeur de côté et à accepter la tendresse des autres sans faire la tête. Une caresse n'est qu'une manifestation de la tendresse qu'on ressent pour quelqu'un d'autre, et on ne réalise pas toujours à quel point une simple caresse sur la joue ou une accolade peuvent mettre du soleil dans notre journée et nous faire sentir importante aux yeux des autres. Dites-vous qu'il en est de même pour les gens de votre entourage et que, quelquefois, il est bien de leur manifester votre amour et votre attachement. Si vous vous sentez seule ou triste, n'hésitez pas à réclamer une caresse à vos proches. Ils vous la donneront avec plaisir, et vous constaterez qu'une caresse peut être extrêmement thérapeutique.

Quand c'est plus que de la simple affection...

Les caresses peuvent également avoir un caractère sexuel. Il s'agit non seulement d'une façon de témoigner son amour et son affection, mais aussi d'un moyen d'apprendre à connaître le corps de son partenaire et de manifester son désir. Pour une fille, il est extrêmement important de se sentir aimée et désirée. Les caresses servent entre autres à établir ce rapport de confiance avec son partenaire. **À l'adolescence, les garçons ont parfois tendance à ignorer ce désir d'affection et de tendresse.** Alors il est important de dire clairement ce que

vous voulez et d'exprimer vos sentiments pour que votre amoureux sache ce que vous aimez et pour que vous vous sentiez respectée. Vous devez non seulement apprendre à écouter les besoins de votre partenaire, mais aussi être fidèle à vous-même et aller à votre propre rythme. Si vous ne vous sentez pas prête, dans les caresses, à dépasser un certain stade, expliquez clairement à votre petit ami que vous préférez attendre et faites-vous respecter. S'il insiste et qu'il n'est pas à l'écoute de vos sentiments, alors il n'en vaut certainement pas la peine.

Couple

Un premier petit ami

Il n'est pas rare de vivre son premier amour à l'adolescence. On se fait un petit ami et on se sent au septième ciel. Une première relation amoureuse vous en apprendra énormément sur vous- même et sur la vie de couple.

Après quelques semaines, il est normal que la période de « lune de miel » se termine, vous devez alors commencer à vous adapter à la personnalité de votre amoureux et à faire des compromis. Je ne vous apprends rien lorsque je dis que les gars et les filles sont très différents, mais en plus, chaque individu possède ses qualités et ses défauts. C'est ce qui nous rend si unique. Quand on sort avec un garçon et qu'on forme un couple, on doit apprendre à le connaître de façon plus intime et à accepter ses petits défauts.

Ne pas se couper du monde

Amoureuse, on doit s'habituer à un nouveau rythme de vie et à une nouvelle routine. C'est normal de vouloir passer tout son temps avec son amoureux, mais il faut faire attention de ne pas tout sacrifier pour lui. Tout d'abord il y a vos amies. Vous aviez sans doute l'habitude de passer tout votre temps libre avec elles, de dîner en leur compagnie et de les retrouver après l'école. Maintenant, vous devez apprendre à partager votre temps entre votre amoureux et vos meilleures copines. Il se peut très bien que l'adaptation soit difficile au début. **Vos amies seront peut-être jalouses de l'attention que vous portez à un garçon et du temps que vous lui consacrez.** Et votre petit ami vous demandera peut-être de sacrifier vos après-midi de magasinage avec vos amies pour passer plus de temps avec lui. L'important, c'est de trouver un équilibre qui vous permette de voir votre amoureux sans négliger complètement vos amies.

Attention, danger !

Quand on est follement amoureuse, on sent que notre cœur s'emballe pour un rien et on désire passer tout notre temps avec notre amoureux. Rappelez-vous toutefois que l'amour ne dure pas toujours pour l'éternité, surtout au collège, et que les amies, elles, sont là pour rester. Si vous passez des mois entiers seule avec votre amoureux et que la relation se termine, vous risquez de vous sentir extrêmement seule. Surtout si vous avez abandonné vos amies pendant tout ce temps et qu'elles ne sont plus là pour vous. Les amies sont là pour vous aider dans les moments difficiles, mais il est essentiel d'entretenir l'amitié, de demeurer disponible pour elles et de leur faire comprendre qu'elles sont encore très importantes à vos yeux.

Quand la jalousie s'installe

Il se peut aussi que vos amies éprouvent de la jalousie envers votre copain et soient en colère contre vous parce que vous ne leur accordez pas assez de temps. Bien que vous ayez un devoir à accomplir en tant qu'amie, elles doivent quant à elles se montrer plus indulgentes. Expliquez-leur que vous êtes amoureuse et que vous avez aussi envie d'être avec votre petit ami. L'ajustement sera peut-être difficile au début, mais elles comprendront si vous leur en parlez calmement, surtout si certaines ont déjà été en couple. Vous pouvez discuter avec elles au sujet de votre relation et leur faire des confidences pour qu'elles se sentent impliquées dans votre vie. Vous pouvez aussi essayer d'organiser une activité où vous aurez l'occasion de passer du temps avec votre amoureux et avec vos amies (repas au restaurant, film à la maison ou au cinéma, activité sportive, etc.) pour qu'ils apprennent à se connaître davantage et pour détendre l'atmosphère.

Les parents face à votre couple

Il est aussi normal que vos parents ne soient pas très chauds à l'idée de vous voir en couple. Ils vous diront peut-être que vous êtes encore jeune pour vous engager dans une relation sérieuse et mettront de la pression pour que vous ne négligiez pas votre famille, vos études et vos activités parascolaires pour passer le plus de temps possible avec votre amoureux. Dites-vous qu'ils sont inquiets et qu'ils doivent s'adapter au fait que vous grandissiez. Vous devez encore une fois essayer de trouver un compromis et éviter de sacrifier votre vie pour votre petit ami, tout en expliquant à votre père et à votre mère qu'il est normal que vous désiriez passer du temps avec lui. S'il s'agit d'une relation plus sérieuse, je vous suggère de présenter votre amoureux à vos parents pour que ces derniers apprennent à le connaître et pour qu'ils aient davantage confiance en vous et en votre couple.

Suis-je trop jeune pour découcher ?

Au collège, vous allez parfois à ces fêtes chez des amis qui vous proposent de passer la nuit chez eux. Vous aurez alors peut-être envie de dormir avec votre petit ami et d'en profiter pour avoir un peu plus d'intimité. Soyez responsable et prudente, allez à propre rythme et assurez-vous que votre copain respecte votre décision. Si vos parents vous interdisent de dormir avec lui, tentez de ne pas désobéir, cela risquerait de nuire à leur confiance et à votre indépendance. Si vous vous sentez prête à dormir avec votre amoureux et que vos parents sont d'accord, alors vous êtes la fille la plus chanceuse du monde !

Une question d'équilibre

On ne le dira jamais assez, si vous formez un couple, il est important de trouver un équilibre qui vous permette de ne pas négliger vos amies, votre famille et vos études tout en passant suffisamment de temps avec votre petit ami. Vous discutez peut-être pendant de longues heures au téléphone avec lui, ce qui embête votre grand frère qui doit appeler quelqu'un, ou vos parents qui préféreraient vous voir étudier. Soyez juste et raisonnable, et pensez aux autres sans toutefois vous négliger. Vous pouvez, par exemple, consacrer une journée de la fin de semaine à votre amoureux ou dîner avec lui deux midis par semaine, et partager le reste du temps entre vos devoirs, votre famille et vos amies. L'ajustement sera peut-être un peu compliqué au début, mais si vous trouvez un équilibre, les gens de votre entourage auront tôt fait de s'habituer à votre statut. Et vous apprécierez quant à vous tous les moments précieux que vous passerez en compagnie de votre amoureux.

Test

À quoi ressemble le garçon de tes rêves ?

1 Quelle est la qualité qui te semble la plus importante chez un gars ?

a) Le sens de l'humour.

b) La beauté physique.

c) L'intelligence.

2 Quelle activité aimes-tu faire avec un garçon qui t'intéresse ?

a) Aller au cinéma.

b) Discuter dans un café.

c) L'embrasser.

3 Quel genre de film aimes-tu voir au cinéma ?

a) Un film d'action.

b) Une comédie.

c) Un drame.

4 Qu'est-ce qui te fait craquer chez un gars ?

a) Ses yeux.

b) Ses mots.

c) Ses blagues.

5 Quel est le style vestimentaire que tu préfères chez un amoureux ?

a) Le style décontracté.

b) C'est lui qui me plaît, pas ses vêtements !

c) Le style super à la mode.

6 Qu'est-ce que tu admires le plus chez un gars ?

a) Le fait qu'il soit passionné et ambitieux.

b) Le fait qu'il soit drôle et pas compliqué.

c) Le fait qu'il soit super beau et qu'il fasse craquer toutes les filles.

7 L'apparence physique est-elle importante pour toi ?

a) Bien évidemment !

b) Non. C'est la personnalité qui compte.

c) Je dois le trouver mignon, mais sa personnalité compte plus.

8 Comment tes amies te décriraient-elles ?

a) Comme la chef de bande du groupe, qui raffole des sports !

b) Comme l'intellectuelle du groupe, qui aime discuter.

c) Comme la fille super sociable, qui aime s'amuser.

Comptons les points

1.	a) 2	b) 1	c) 3
2.	a) 2	b) 3	c) 1
3.	a) 1	b) 2	c) 3
4.	a) 1	b) 3	c) 2
5.	a) 2	b) 3	c) 1
6.	a) 3	b) 2	c) 1
7.	a) 1	b) 3	c) 2
8.	a) 1	b) 3	c) 2

Moins de 10 points

À un sportif ou un dandy

Tu aimes les gars sportifs qui font craquer toutes les filles. Tu n'as pas peur d'admettre que l'apparence physique est importante pour toi, et que, pour qu'un gars t'attire, il doit être beau et bien arrangé. Même si le physique est une caractéristique importante, tente de trouver d'autres qualités qui te font craquer pour entretenir une relation un peu plus profonde avec ton amoureux.

De 10 à 18 points

À un boute-en-train plutôt cool

Pour toi, le sens de l'humour et la joie de vivre sont des caractéristiques superimportantes chez un gars. Tu as envie d'être avec quelqu'un qui ne se complique pas la vie avec des détails, et qui est toujours prêt à prendre les choses à la légère et à s'amuser avec toi. Si un gars se prend trop au sérieux, s'il se pose trop de questions sur le sens de la vie, il risque de ne pas te séduire...

Plus de 18 points

À un intello passionné et passionnant

Tu as un faible pour les gars intellos et cultivés, qui aiment discuter de leurs passions et qui sont superambitieux. Pour aimer un gars, tu dois d'abord admirer ce qu'il fait et sa façon de penser. Tu aimes discuter avec lui et confronter vos points de vue. En gros, tu cherches un gars profond et passionné, qui saura t'éblouir et t'impressionner.

Confiance

Sentiment de sécurité

Il est parfois si facile de dire à quelqu'un qu'on lui fait confiance, ou de promettre à une amie qu'elle peut se fier à vous et à vos parents qu'ils n'ont pas à s'inquiéter puisque vous êtes une personne digne de confiance. Mais concrètement, qu'est-ce que cela signifie ?

La confiance est un sentiment de sécurité lié à une relation qu'on entretient avec quelqu'un. On éprouve ce sentiment quand on sait pertinemment qu'on peut compter sur une personne, car elle tient sa parole, elle est honnête et elle ne nous ferait jamais délibérément de la peine. Quand on fait confiance à une personne, on a la certitude qu'elle ne va pas nous trahir et qu'elle nous respectera quoi qu'il arrive. Songez par exemple à votre meilleure amie. Vous pensez certainement qu'il s'agit d'une personne loyale et qu'elle sera toujours là pour vous. Si quelque chose vous tracasse, vous savez que vous pouvez vous confier à elle, puisqu'elle est muette comme une carpe et qu'elle respecte votre intimité. Vous n'avez pas peur qu'elle aille raconter vos secrets à toute la classe, ou qu'elle vous laisse tomber sans crier gare. En d'autres mots, vous lui faites confiance.

La confiance prend du temps à se développer

On peut rarement se fier aveuglément à quelqu'un qu'on ne connaît pas, mais lorsqu'on gagne cette confiance, on se sent vraiment importante aux yeux de cette personne, et ce sentiment est tout à fait unique. Aussi, quand on peut compter sur quelqu'un, on se sent beaucoup plus légère, puisque l'on n'a aucune inquiétude. On n'a pas à se casser la tête et à se ronger les sangs en imaginant le pire. Par exemple, si vous passez la soirée chez une copine et que vous informez vos parents que vous ne dormirez pas à la maison, ils n'auront pas à s'inquiéter s'ils vous font suffisamment confiance. Ils n'iront pas s'imaginer que vous êtes dans une fête délirante ou que vous traînez dans la rue, puisque vous tenez toujours parole et que vous êtes honnête. **La confiance est directement liée à l'honnêteté.** Ça ne veut toutefois pas dire que vous devez toujours faire le bien et agir comme un ange. Il arrive à tout le monde de commettre des erreurs, et ce n'est pas parce que vous rentrez cinq minutes en retard que vos parents n'auront plus confiance en vous, mais vous devez apprendre à assumer vos erreurs, à prévenir vos parents en cas d'imprévu, à être responsable dans ce que vous faites. S'ils vous font confiance, ils auront tendance à vous donner plus de liberté. Si vous jugez que vous êtes digne de cette confiance et qu'ils sont complètement paranos, il faut en discuter avec eux pour leur expliquer que, jusqu'à preuve du contraire, vous êtes responsable et qu'ils peuvent toujours se fier à vous. Une confiance réciproque.

C'est bien beau de faire confiance aux gens, mais il n'y a rien de plus valorisant que de sentir que les gens peuvent vous faire confiance. Vous devez gagner cette loyauté en agissant de façon à ce que les personnes que vous aimez sachent qu'elles peuvent compter sur vous, sur votre honnêteté, sur votre respect et sur votre parole. Concrètement, cela veut dire que vous devez tenir vos engagements.

Ne faites pas de promesses tout en sachant que vous ne pourrez pas les respecter. Soyez réaliste dans ce que vous dites. Pour gagner la confiance des autres, il est aussi important d'être là pour eux et de leur faire sentir qu'ils peuvent vraiment compter sur vous, sur votre présence et sur votre soutien. Si l'une de vos copines traverse un moment difficile, faites-lui comprendre que vous êtes là pour elle et qu'elle peut vous parler en toute confidentialité. Il s'agit en effet d'une autre caractéristique essentielle. Vous devez savoir garder des secrets et être discrète pour que les gens aient confiance en vous. Laissez faire les ragots et concentrez-vous sur la vraie amitié. Évidemment, si vous voulez gagner la confiance d'une personne, il faut éviter d'être malhonnête ou de la trahir. Tout est question d'honnêteté, de respect, de loyauté et de fidélité avec sa famille, ses amies et bien sûr son amoureux.

Ni trop naïve ni trop fermée

D'une part, il ne faut pas être trop naïve et faire aveuglément confiance à tout le monde. Certaines personnes ne sont pas dignes de cette confiance et risquent de vous blesser. C'est à vous de déterminer qui, dans votre entourage, mérite ce respect et cette ouverture de soi. D'autre part, vous ne devez pas devenir complètement parano et ne faire confiance à personne, car vous passerez à côté de plein de belles choses. Même si quelqu'un vous blesse et abuse de votre confiance, dites-vous que nous apprenons toutes de nos erreurs et que, la prochaine fois, vous serez plus prudente. Apprenez à donner et à recevoir. La confiance se construit souvent à deux, et il est très facile de voir si vous êtes seule à tenir le fort ou si vous pouvez véritablement compter sur l'autre.

Quoi qu'il arrive, soyez patiente. **Certaines personnes prennent plus de temps à s'ouvrir et à faire confiance aux autres.** Si vous montrez que vous êtes digne de confiance, les gens n'auront aucune raison de douter de vous. Par ailleurs, ne soyez pas surprise si les gens à qui vous pouvez toujours vous fier se comptent sur les doigts d'une main. L'important, c'est de savoir que vous pouvez compter sur eux, et qu'ils peuvent se fier à vous et vous faire confiance sans la moindre inquiétude. La confiance est un immense atout dans les relations avec vos amies, vos parents, vos frères et vos sœurs, vos professeurs et, bien évidemment, celui qui fera battre votre cœur. Non seulement la confiance est essentielle en amitié, mais c'est aussi l'une des bases de l'amour. Par conséquent, mieux vaut apprendre à la développer tout de suite pour vivre de façon plus épanouie et vous sentir mieux dans votre peau.

Désir

Picotements, papillons et serrements au cœur

Quand on éprouve du désir on ressent des picotements dans le bas-ventre et des papillons dans l'estomac, et il arrive même parfois que notre cœur se serre à l'intérieur de notre poitrine.

Chez les garçons, il va sans dire que le désir est beaucoup plus manifeste que chez les filles. Lorsqu'un garçon a une érection, le pénis augmente de volume et devient très dur, ce qui peut être très gênant lorsque ça se produit dans un endroit public. Le désir chez les filles se manifeste aussi par des réactions physiques. Quand vous regardez quelque chose qui vous excite, quand vous apercevez un garçon qui vous fait craquer ou quand vous avez des rapports intimes avec votre amoureux, il est fort probable que votre sexe devienne humide et lubrifié, que vos mamelons se dressent et que votre clitoris se durcisse. Si c'est le cas, ne paniquez surtout pas : vous êtes en train d'éprouver du désir sexuel, et il n'y a aucun mal à être à l'écoute de votre corps et de ses réactions.

À l'adolescence, vous êtes en train de vous épanouir et de découvrir votre sexualité. **Par conséquent, il se peut que vous soyez attirée par des gens ou excitée par certaines situations qui vous semblent très embêtantes**. Par exemple, il arrive à plusieurs filles d'éprouver du désir pour un professeur, ou encore de développer un fantasme impliquant plusieurs individus. Cela ne veut pas dire que vous êtes une obsédée sexuelle, ça vous indique simplement que vous êtes curieuse et que vos désirs sont à fleur de peau. Il se peut aussi que vous éprouviez du désir pour une autre fille ou que vous fassiez un rêve érotique où vous avez des rapports intimes avec une fille de votre entourage. Ne vous sentez pas mal pour autant. Votre sexualité en pleine floraison, votre curiosité sans précédent et votre imagination fertile peuvent pousser votre inconscient à inventer des scénarios assez étranges, mais cela ne veut

pas nécessairement dire que vous soyez lesbienne. Laissez libre cours à votre imagination et cessez de vous censurer, car tous ces comportements sont normaux à l'adolescence.

Il ne faut pas confondre l'amour et le désir

Ce n'est pas parce qu'on est attirée par quelqu'un qu'on est amoureuse de lui. Parfois, ce n'est que notre corps qui manifeste ses besoins et ses désirs face à quelqu'un qui nous plaît physiquement. Si vous apercevez par exemple un garçon dans l'autobus et que vous craquez pour lui, il se peut que vous soyez saisie de désir et même que vous fantasmiez le soir en vous imaginant l'embrasser. Vous n'avez toutefois aucune affinité avec lui et vous ne le connaissez pas assez pour vous considérer comme amoureuse. Je

sais que l'intensité des deux sentiments peut porter à confusion, mais ne vous laissez pas leurrer par la force d'une attirance physique.

Par ailleurs, lorsqu'on est amoureuse, il est tout à fait normal d'éprouver du désir pour son amoureux. On se sent alors proche de l'autre et on a envie de se rapprocher physiquement pour sceller cette intimité et succomber à cette envie de ne faire qu'un. Si vous n'éprouvez aucun désir pour votre amoureux, c'est peut-être parce que vous le percevez uniquement comme un ami.

> Il est très sage d'être à l'écoute de vos désirs et des besoins de votre corps.

Il est normal que vous éprouviez du désir pour un garçon ou pour votre amoureux, mais il est d'autant plus important que ce sentiment ne vous amène pas à franchir une étape que vous n'êtes pas prête à franchir. C'est que le désir peut parfois vous faire perdre la tête! **Bien que votre corps ait envie d'aller plus loin, vous devez être consciente de vos limites** et ne pas aller trop loin si vous ne vous sentez pas prête. Vous n'avez qu'à vous arrêter quelques instants afin de reprendre vos esprits. Ne faites pas l'amour pour la première fois sur un simple coup de tête parce que votre désir est trop fort. Si le cœur n'y est pas, vous risquez de le regretter par la suite. Il y a toutes sortes d'étapes à franchir avant d'en arriver là, et je vous conseille d'apprendre à écouter, mais aussi à gouverner vos désirs pour respecter vos limites et aller à votre rythme.

Test

Ami, flirt ou grand amour ?

1 Si tu ne vois pas ton copain pendant 2 jours, quelle est ta réaction ?

a) Je pense à lui de temps à autre, mais je vis ma vie.

b) Je n'arrive pas à me le sortir de la tête tellement il me manque.

c) Je l'appelle chaque soir très longtemps pour lui raconter ma journée.

2 Tu sais que tu le croiseras aujourd'hui. Comment t'habilles-tu ?

a) Comme j'en ai envie sans tenir compte de lui.

b) Je m'arrange pour être un peu sexy.

c) Je mets son chandail préféré.

3 Tu l'invites à sortir. Que proposes-tu ?

a) D'aller au cinéma.

b) D'aller écouter un concert.

c) D'aller à une fête.

4 Tu le croises dans le couloir de l'école. Comment réagis-tu ?

a) Je rougis et mon cœur s'emballe.

b) Je lui fais un sourire craquant.

c) Je lui tape dans la main et je continue mon chemin.

5 Es-tu nerveuse lorsque tu es en sa compagnie ?

a) Un peu.

b) Oui.

c) Non.

6 Ca y est la fête commence. Tout le monde sur la piste. Que fais-tu ?

a) Je soutiens son regard jusqu'à ce qu'il m'invite à danser.

b) Je croise son regard et je souris timidement en espérant qu'il m'invite à danser.

c) Je fais la danse des canards avec lui.

Comptons les points

1.	a) 2	b) 1	c) 3
2.	a) 1	b) 2	c) 3
3.	a) 3	b) 1	c) 2
4.	a) 3	b) 2	c) 1
5.	a) 2	b) 3	c) 1
6.	a) 2	b) 3	c) 1

Moins de 10 points

Un ami !

Tu t'amuses beaucoup avec lui et vous avez construit une superbelle amitié. Vous passez tellement de bons moments ensemble que ça te perturbe. Tu n'arrives plus trop à savoir ce que tu ressens, mais il se peut que ce ne soit pas plus que de l'amitié. C'est génial de pouvoir compter sur lui, alors profite bien de sa présence et amusez-vous !

De 10 à 18 points

Un flirt !

Tu aurais bien envie de le fréquenter et d'apprendre à le connaître, mais sans plus. Tu ne recherches peut-être pas le grand amour, ou alors tu n'as pas envie d'une relation sérieuse avec lui. Quoi qu'il en soit, rien ne t'empêche de tâter le terrain et de t'amuser un peu. Tu es jeune et tu as amplement le temps de tomber amoureuse !

Plus de 18 points

Le grand amour !

Il n'y a aucun doute que ce garçon te fait de l'effet et qu'il éveille toutes sortes de sentiments chez toi. Si tu es amoureuse de lui, rien ne t'empêche de lui faire part de tes sentiments pour mettre cartes sur table et faire évoluer la relation. C'est parfois très déstabilisant d'être amoureuse, mais ça en vaut grandement la peine !

Vous avez un message

De : anne.fleur@mail.com

Léa, j'ai 13 ans et j'ai un petit ami de 15 ans. Je ne l'ai pas dit à mes parents et je ne sais pas si je dois leur dire, car j'ai peur de leur réaction. Dis-moi ce que tu en penses. Est-ce que je dois leur en parler ?

De : Léa_jaime@mail.com

Chère Anne,

je t'encourage à en parler à tes parents. Il se peut qu'ils réagissent fortement à cause de la différence d'âge. C'est parce qu'ils cherchent à te protéger. C'est tout à fait normal. Il faut que tu leur expliques que tu es heureuse et que ton petit ami te respecte et qu'il t'aime vraiment. Si tu leur dis qu'il te respecte, ils voudront peut-être en apprendre davantage et ils souhaiteront le connaître. Je crois que c'est mieux d'être honnête avec eux plutôt que de leur cacher quelque chose d'aussi important. Tu as besoin qu'ils t'accordent leur confiance et ils ont besoin de sentir que tu as de la maturité.

De : missrougecoquelicot@mail.com

Léa, j'ai besoin de tes conseils.

Je suis follement amoureuse d'un garçon, mais je n'ose pas lui dire ce que je ressens, car j'ai peur qu'il me dise non et qu'il rie de moi. Que me conseilles-tu ? Est-ce que je fonce ou est-ce que j'attends ?

De : Léa_jaime@mail.com

Je sais que ça fait peur de foncer et d'avouer ses sentiments au garçon qu'on aime mais dis-toi que si tu n'es pas honnête avec lui, il n'aura aucune façon de savoir ce que tu ressens. Je sais que tu as peur de te faire rejeter ou humilier, mais la vérité c'est que, même si le gars en question ne partage pas tes sentiments, il sera certainement flatté de savoir que tu es amoureuse de lui. S'il se moque de toi, c'est vraiment qu'il n'en vaut pas la peine. Après tout, oserais-tu rire d'un gars qui t'avouait ses sentiments même si ce n'était pas réciproque. Tu trouverais plutôt une façon délicate de lui expliquer que tu préfères être son amie.

En résumé, je pense que ça vaut parfois la peine de plonger et de prendre des risques pour faire avancer les choses et obtenir ce qu'on désire. Dans le meilleur des cas, le garçon partagera tes sentiments et vous pourrez faire évoluer votre relation. Dans le pire des cas, tu en auras au moins le cœur net et tu pourras l'oublier plutôt que de l'aimer et de souffrir en silence.

Égoïste

Ne penser qu'à soi

L'égoïsme se définit comme la tendance à ne chercher que son propre bien sans tenir compte de celui des autres. C'est le fait de ne penser qu'à soi et qu'à son propre bien-être sans s'ouvrir au bonheur d'autrui.

Bien qu'il s'agisse d'une attitude peu souhaitable dans nos rapports avec les autres, celle-ci est toutefois très normale chez les humains. Après tout, nous cherchons toutes à nous protéger et à nous assurer d'être bien dans la vie. C'est une sorte d'instinct de survie qu'il faut cependant apprendre à maîtriser. Il est sain de penser à soi et à son propre bonheur, mais il faut chercher un équilibre qui nous pousse à donner autant qu'à recevoir des autres, à nous montrer plus généreuses avec les gens qui nous entourent.

Vous avez certainement déjà été en présence de quelqu'un qui ne faisait que parler de lui-même, de ses réussites et de toutes les belles choses qu'il possédait. Vous devez admettre que ce n'est pas très agréable d'entendre quelqu'un parler autant de sa propre personne, de ses rêves, etc., sans tenir compte du bien-être des autres et sans jamais s'informer de leurs projets. Vous devez garder cet événement en mémoire et vous en servir comme d'une leçon, il vous rappellera de ne pas toujours placer votre bonheur avant celui des autres. Vous éprouverez une grande satisfaction à donner aux autres et à voir s'afficher un sourire sur leur visage. **Quand on donne aux gens qu'on aime et qu'on leur accorde de l'importance, on se sent très fière de soi** et on a envie de continuer dans cette direction. Quand on agit de façon égoïste et qu'on ne pense qu'à soi, on a souvent tendance à faire fuir les gens et à se replier sur nous-mêmes sans apprendre à partager, et à nous ouvrir à tout ce que les gens ont à offrir.

Sachez écouter

Vous constaterez que vous êtes beaucoup plus heureuse et mieux dans votre peau lorsque vous vous ouvrez aux autres et que vous donnez sans compter. Pour ce faire, vous devez développer une générosité matérielle, physique et affective qui vous permettra de rendre les autres heureux et vous procurera un immense bien-être. Si vous jugez que vous êtes quelqu'un d'égoïste, sachez qu'il n'est jamais trop tard pour changer. Apprenez à écouter les besoins des gens qui vous entourent, à leur donner de l'attention, des soins et de l'amour. La satisfaction que vous en retirerez vous poussera à poursuivre dans la même veine. **Quand on ne pense qu'à soi, on se retrouve souvent seule, et on perd des gens importants en cours de route.** C'est bien sûr valable dans la relation amoureuse. Si vous avez un petit ami, vous ne pouvez pas penser qu'à vous. De la même façon, votre amoureux, s'il est sincère, ne peut pas être égoïste. L'amour c'est la générosité. Mieux vaut être généreuse de votre temps et de votre énergie pour faire sentir aux personnes que vous aimez qu'elles sont très importantes à vos yeux.

La générosité ne se développe pas seulement sur le plan matériel.

Certes, vous pouvez apprendre à partager, à offrir des cadeaux, à faire des surprises et à prêter toute votre garde-robe à vos amies, mais vous devez aussi être généreuse de votre temps et leur montrer que vous êtes toujours là pour elles. Surtout si vous avez un copain et que c'est votre priorité ! Ne les oubliez pas, informez-vous sur ce qu'elles font, sur leurs joies, sur leurs peines. **Plutôt que de vous regarder le nombril, apprenez des expériences que les autres ont vécues.** Offrez aussi de l'aide à vos parents et montrez-vous généreuse lorsqu'ils vous demandent un service. Ils seront touchés par votre comportement et ceci permettra certainement d'améliorer vos relations.

Combattre l'égoïsme exige par ailleurs que vous fassiez de petits efforts quotidiens pour vous ouvrir davantage aux autres et pour faire taire vos propres insécurités. Rappelez-vous qu'il est sain de penser à votre bonheur, d'apprendre à vous protéger et à être plus forte, mais vous acquerrez énormément de confiance et de satisfaction en vous ouvrant aux autres et en apprenant à les rendre heureux. Vous éprouverez un sentiment de fierté, d'accomplissement et de grande maturité, car vous aurez enfin réussi à surmonter vos peurs et à donner sans compter. Tout le monde mérite d'être heureux, alors mieux vaut s'entraider pour atteindre nos objectifs que d'agir chacun pour soi. La vie est trop courte pour rester seule dans son coin, aussi bien en profiter avec les gens qu'on aime.

Fidélité

Intimement liée à la confiance et à la loyauté

La fidélité est un concept qui soulève beaucoup de questions.

Être fidèle, ça ne veut pas seulement dire ne pas tromper celui qu'on aime, ça veut aussi dire qu'on est capable de tenir ses promesses, qu'on est là pour les autres et qu'on est digne de confiance.

Pour ce faire, il faut d'abord être fidèle à soi-même, c'est-à-dire respecter ses propres valeurs et sa propre façon de penser sans trop se laisser influencer par les autres. Quand on est fidèle à soi-même, on se respecte et on est à l'écoute de ses désirs et de ses limites. Il ne faut toutefois pas utiliser ce concept pour excuser toutes les erreurs de jugement qu'on peut commettre. C'est bien de reconnaître ses défauts et de s'assumer telle qu'on est, mais plutôt que de continuer à faire des bêtises en les imputant à ses défauts naturels, mieux vaut tâcher de s'améliorer, ce qui nous permettra de nous épanouir davantage

La fidélité entre deux individus se base principalement sur le concept de loyauté et de respect.

Quand on aime quelqu'un, on veut éviter de le tromper et de lui faire du mal. Cela va de soi. Dans une relation amoureuse, on parle donc de monogamie, soit d'une relation avec un seul conjoint. Cette relation d'exclusivité s'établit non seulement sur le plan physique, mais aussi sur le plan psychologique et émotionnel. Quand on est fidèle à quelqu'un, c'est avec lui qu'on partage notre quotidien, nos joies, nos peines et nos espoirs. Il s'agit d'une relation basée sur la confiance, sur l'ouverture et sur la communication.

Ce type de relation est aussi vrai en amitié. Être une amie fidèle, ça veut dire qu'on est loyale et disponible. On ne trahira pas la confiance qui nous est accordée, car on respecte nos amies et elles peuvent toujours compter sur nous. Une vraie amie, c'est quelqu'un à qui on peut se fier et en qui on a aveuglément confiance, car on sait qu'elle ne nous laissera pas tomber, en d'autres mots, c'est une amie fidèle qui nous respecte et qui nous aime.

Beaucoup de gens ne croient pas vraiment en la fidélité, surtout dans le couple. Dans une société aussi ouverte et libre que la nôtre, le concept de monogamie peut sembler étrange, mais il n'en demeure pas moins que c'est une question de respect et de loyauté, deux notions qui ne changent pas. Elles sont ancrées en nous et guident nos comportements. On ne peut évidemment pas se forcer à aimer certaines personnes, ni à leur être fidèle, mais quand on aime vraiment, c'est souvent une attitude qui va de soi. La fidélité demande parfois des efforts et de la volonté, mais quand on est réellement amoureuse de quelqu'un, on ne veut pas lui faire du mal, ni même s'imaginer avec quelqu'un d'autre. Bien que les tentations soient parfois fortes, il faut s'efforcer de rester fidèle à soi-même et à sa tendre moitié, car, quand on tient vraiment à l'autre, ça vaut la peine de se battre. La fidélité est parfois une question de travail et de compromis, mais au fond, quand on aime vraiment quelqu'un, il est assez naturel de le respecter et d'être loyale. Beaucoup de gens sont tout simplement incapables de tromper les autres parce qu'ils ne pourraient pas vivre avec cela sur la conscience. Ils ne peuvent concevoir d'être malhonnêtes ou infidèles sans se sentir extrêmement déchirés à l'intérieur.

Bref, pour être fidèle, vous pouvez commencer par être simplement là pour les autres. Soyez disponible et digne de confiance.

Apprenez à tenir vos promesses et votre parole, et vous verrez que bien que cela demande parfois un petit peu d'effort, on se sent beaucoup mieux quand on agit en toute sincérité et quand on respecte les gens qu'on aime. Pensez au mal que vous auriez si on vous trompait, et vous n'aurez certainement pas envie de faire subir cette souffrance aux autres. La loyauté et la fidélité sont des défis beaucoup plus satisfaisants à relever, alors efforcez-vous de le faire pour vous sentir bien dans votre peau.

Vous avez un message

De : mademoisellemargaux@mail.com

Un gars de ma classe m'a avoué qu'il m'aimait, mais je ne suis pas amoureuse de lui. Comment lui dire sans trop lui faire de peine ?

De : Léa_jaime@mail.com

Je sais que tu te sens mal, mais dis-toi qu'il vaut mieux être honnête avec lui pour qu'il puisse faire son deuil, plutôt que lui donner de faux espoirs et qu'il reste accroché à toi. Je crois que tu pourrais simplement lui expliquer que tu tiens énormément à lui, mais que tu ne souhaites pas avoir de petit ami en ce moment. S'il insiste, explique-lui que tu l'aimes comme un ami et que tu ne veux pas t'embarquer dans une relation avec lui. C'est important qu'il comprenne que ce n'est rien de personnel et d'éviter qu'il se sente humilié inutilement par ton refus. Le mieux est donc de lui expliquer doucement que ce n'est pas possible. Il est aussi important d'être discrète sur ce sujet avec les personnes qui t'entourent et surtout avec ses copains. Je sais que ce n'est pas agréable de faire de la peine à quelqu'un, mais dis-toi que tu ne peux pas te forcer à l'aimer et qu'il finira certainement par s'en remettre.

De : Lostlili@mail.com

Chère Léa,

Je suis très amoureuse d'un garçon depuis vraiment, vraiment longtemps. Le seul problème, c'est que je ne sais pas s'il a des sentiments pour moi. Chaque fois que j'arrive à une conclusion, il arrive quelque chose qui me pousse à penser le contraire ! Je ne suis même pas capable de me dire pourquoi je l'aime, je ne vois que des défauts en lui !

De : Léa_jaime@mail.com

C'est sûr que si tu n'avoues pas tes sentiments tu ne seras jamais certaine de ce que le garçon ressent. Je te conseille donc de prendre ton courage à deux mains et d'explorer un peu plus le terrain. Qu'as-tu à perdre ? Je sais que ça fait peur, mais les doutes te rendent tout aussi malheureuse. Tu te concentres peut-être sur le négatif pour essayer de l'oublier, ou alors tu sais qu'il ne te convient pas et tu as simplement de la difficulté à passer à autre chose. Comme cela fait trois mois que tu t'efforces de le sortir de ta tête et que ça ne marche pas, je te conseille de faire bouger les choses. Tente un rapprochement ! Si ça marche, tu seras en mesure de savoir si tu aimes sa personnalité ou pas et, si ça ne marche pas et s'il ne partage pas tes sentiments, alors tu pourras vraiment passer à autre chose.

Test

Ton copain est-il vraiment amoureux de toi ?

1 À quelle fréquence parles-tu à ton amoureux ?

a) Au moins une fois par jour.

b) Au moins dix fois par jour.

c) Deux à trois fois par semaine.

2 Ton copain t'invite-t-il souvent à faire des activités avec lui ?

a) De temps en temps, mais c'est souvent avec ses amis.

b) Au moins une fois par semaine.

c) Il planifie tout le temps des activités à faire ensemble.

3 Ton copain te fait-il souvent des surprises ?

a) Oui, très souvent.

b) Rarement.

c) Euh, non jamais !

4 Quand tu es avec ton petit ami :

a) Il te regarde tendrement et te couvre d'attentions comme si vous étiez seuls au monde.

b) Il passe son temps à parler au téléphone avec ses copains.

c) Il te parle de tout et de rien et invite souvent ses amis à se joindre à vous.

5 Ton copain t'a-t-il présentée à sa famille ?

a) Oui.

b) Non, car il n'est pas encore prêt.

c) Non, parce que l'occasion ne s'est pas encore présentée.

6 Est-ce que ton ami prend le temps de t'écouter ?

a) Oui, et il me donne des conseils quand j'en ai besoin.

b) Il m'écoute quand je le lui demande, mais c'est parfois difficile d'attirer son attention.

c) J'ai souvent l'impression que mes problèmes lui passent au-dessus de la tête.

7 Ton petit copain t'a-t-il dit qu'il t'aimait ?

a) Non, et je ne crois pas que ce soit pour bientôt.

b) Non, car il a de la difficulté à exprimer ses sentiments.

c) Oui !

8 Quel est le SMS que tu reçois le plus souvent de la part de ton petit copain ?

a) Je t'embrasse.

b) Je pense à toi et tu me manques.

c) As-tu fait le devoir de chimie ?

Comptons les points

1.	a) 2	b) 3	c) 1
2.	a) 1	b) 2	c) 3
3.	a) 3	b) 2	c) 1
4.	a) 3	b) 1	c) 2
5.	a) 1	b) 3	c) 2
6.	a) 3	b) 2	c) 1
7.	a) 1	b) 2	c) 3
8.	a) 2	b) 3	c) 1

Moins de 10 points

Pas assez

Ton petit ami ne semble pas t'aimer à ta juste valeur. Il a peut-être besoin de plus de temps, ou alors ça ne clique tout simplement pas de son côté. Quoi qu'il en soit, c'est à toi de déterminer quels sont tes besoins et si une telle relation te rend heureuse. Si tu as besoin de plus que ce que te donne ton amoureux, je suis certaine qu'il existe plein de gars qui ne demandent pas mieux que d'apprendre à te connaître davantage !

De 10 à 18 points

Oui c'est certain

Ton copain n'est peut-être pas encore fou de toi, ou du moins il n'est pas encore prêt à le dévoiler, mais ça ne veut pas dire qu'il n'est pas attaché à toi et qu'il ne tardera pas à exprimer ses sentiments. Certains gars ont parfois besoin d'un peu plus de temps avant d'ouvrir leur cœur et d'exposer leur amour au grand jour. Alors, sois patiente et n'hésite pas à faire les premiers pas si tu crois qu'il en vaut la peine.

Plus de 18 points

À la folie

Sans aucun doute, c'est l'amour fou ! Ton copain et toi n'avez visiblement aucun problème à exprimer ce que vous ressentez l'un pour l'autre. Tu sais aussi que tu peux compter sur lui quand ça ne va pas, ce qui est très important dans un couple ! Tu as de la chance et tu le mérites bien. Félicitations ! Tu as touché le gros lot. Garde-le !

Garçons

Ceux qu'on connaît si mal !

Même si on aime bien être indépendante, les garçons prennent beaucoup de place dans nos vies.

Je reçois chaque mois des dizaines et des dizaines de courriels de filles qui me demandent des conseils à propos des garçons et qui cherchent à mieux les comprendre. En vérité, il n'y a pas de manuel d'emploi, mais j'ai tout de même quelques lignes directrices à vous proposer pour vous aider à résoudre ce casse-tête.

Les garçons passent leur temps à dire que les filles sont compliquées et qu'ils ne les comprennent pas. L'inverse est aussi vrai les garçons nous semblent souvent si différents de nous qu'on a de la difficulté à croire qu'on puisse les côtoyer tous les jours et survivre à leurs attitudes typiquement masculines. On a tendance à croire qu'on vient de deux mondes différents. **Nos priorités ne sont pas les mêmes, nos sujets de conversation non plus.** On ne comprend rien aux sports, aux voitures, aux jeux vidéo et au hockey, tandis qu'eux semblent se ficher royalement de notre nouvelle coupe de cheveux, de nos supermagazines, de nos tournées de magasinage et de nos histoires de filles.

Soyez sans crainte : bien que les gars nous fassent parfois penser à des êtres préhistoriques et ne semblent rien comprendre à ce que nous vivons, nous ne sommes pas aussi différentes d'eux que nous pouvons le croire ; il suffit d'apprendre à les connaître et à les amadouer pour se rendre compte de leur sensibilité et de leur loyauté.

Si vous ne comprenez rien aux garçons, dites-vous qu'ils sont moins compliqués que ce que l'on croit.

Les filles ont généralement tendance à tout analyser et à se poser des milliers de questions. Les garçons préfèrent généralement agir de façon spontanée et dire clairement ce qu'ils pensent et ce qu'ils veulent. Chaque gars est bien sûr unique, et certains sont plus sensibles et plus complexes que d'autres, mais de façon générale, bien qu'ils n'aient pas les mêmes intérêts que nous, sachez qu'il est plutôt facile d'aborder un garçon et de discuter avec lui de tout ce qui nous passe par la tête. Les gars peuvent parfois même nous aider à y voir plus clair quand nous paniquons et que tout devient confus, et nous simplifier la vie quand nous faisons une tempête dans un verre d'eau.

Vous croyez peut-être qu'il est impossible de parler aux garçons, car vous n'avez aucune idée de la façon dont ils pensent. Les gars aiment bien jouer les durs à cuire qui n'éprouvent rien et qui ne pensent qu'aux voitures, aux sports et au sexe, surtout à l'adolescence. **En fait, les garçons et les filles se ressemblent beaucoup lorsqu'il est question des apparences et de l'insécurité.** En tant que filles, nous devons admettre que nous sommes souvent obsédées par le jugement des autres, par l'apparence et par la peur de déplaire ! C'est la même chose pour les gars, et c'est pour cette raison qu'ils font les durs. Ils ne veulent surtout pas que leurs amis et leurs coéquipiers de football croient qu'ils sont faibles ou trop sensibles. Ils ont peur qu'on se moque d'eux et ils craignent d'être exclus, au même titre que les filles ont peur d'être jugées et de mal paraître aux yeux des autres. Bref, n'allez pas croire qu'ils ne pensent qu'au sexe et qu'il est impossible de leur parler. Il faut simplement les apprivoiser et faire tomber leur masque !

Les gars traversent eux aussi une crise à l'adolescence.

Ils se sentent souvent anxieux, perdus et ils éprouvent autant de doutes que vous face à l'avenir, alors n'allez pas croire qu'ils n'ont aucune sensibilité simplement parce qu'ils agissent comme des brutes. C'est simplement parfois le rôle des filles de les convaincre d'arrêter leur comédie et de s'ouvrir davantage. Ne soyez toutefois pas surprise si un garçon s'ouvre à vous dans l'intimité et change du tout au tout quand il est avec des amis. Il se peut qu'il vous ignore, qu'il joue au macho et qu'il agisse comme si vous n'existiez pas. Même si ce comportement peut être blessant, ne le prenez pas trop au sérieux. Profitez-en plutôt pour aller voir vos copines et faire vos trucs de filles. Lorsque vous serez seule avec lui, vous pourrez lui dire que son comportement vous blesse et vous paraît ridicule, mais il est fort possible que vous continuiez à partager une amitié plus intense avec lui lorsque vous êtes seuls que lorsque vous êtes en groupe. Ne vous en faites pas avec ça ; ça ne veut pas dire qu'il s'en fiche, c'est simplement qu'il ne veut pas que ses amis se moquent de lui et qu'il souhaite éviter de perdre la face devant sa bande de copains. Sachez toutefois que l'amitié entre les gars et les filles est bel et bien possible ! Comme les garçons ont parfois moins tendance à juger et à faire des potins que les filles, cela rend les relations plus simples et vous permet de vous confier à eux sans aucune crainte.

Quand la nervosité s'empare de nous

Il se peut aussi que les gars vous intimident, et que, lorsque vous vous trouvez en présence d'un spécimen masculin, vous perdiez vos moyens et que vous ne sachiez plus quoi dire. Je vous conseille simplement d'être naturelle, comme si vous vous adressiez à une copine. Si c'est un garçon qui vous plaît, la situation peut se compliquer si la nervosité l'emporte sur le reste, mais dites-vous bien que la meilleure façon de vous démarquer et d'apprendre à le connaître est de lui montrer à quel point vous êtes sociable et d'ouvrir la porte aux discussions. Si vous sentez que le cœur va vous sortir de la poitrine et que vous êtes beaucoup trop nerveuse pour penser à quoi que ce soit, essayez de trouver un sujet de conversation qui vous concerne tous les deux, même si ce n'est pas le plus intéressant de la planète. Par exemple, si vous êtes dans le même cours d'anglais, vous pouvez lui poser une question sur le cours ou sur un devoir pour briser la glace. Je vous suggère aussi de choisir un domaine qui le passionne et de lui poser une question sur ce sujet. Il se fera alors une joie de répondre à votre question et sera heureux de constater que vous souhaitez en savoir plus sur son sport préféré ou sur son activité favorite (même si, au fond, vous vous fichez complètement de la façon dont fonctionne le moteur d'une voiture ou du défenseur du Paris Saint-Germain). Prenez votre courage à deux mains et foncez ! Vous ne perdrez absolument rien à essayer et vous n'aurez pas à vivre avec les regrets.

Un corps de gars, ça change aussi !

Il se peut fort bien qu'au cours de l'adolescence, vous remarquiez des changements importants chez les gars de votre entourage. Lors de la puberté, les gars grandissent rapidement, des poils leur poussent au menton et leur voix se met à muer. Même si ça vous paraît drôle ou étrange, sachez qu'ils n'aiment pas qu'on se moque de ces changements physiques intenses, tout comme vous n'aimez pas qu'on se moque de vos nouvelles formes et de vos seins qui se développent. Au point de vue de la sexualité, les garçons commencent aussi à avoir des érections, causées par le désir ou simplement par les hormones. Les érections surviennent principalement au cours de la nuit ou au réveil et aboutissent parfois à une éjaculation, c'est-à-dire une expulsion du sperme. Bref, les gars ne sont pas aussi différents des filles qu'on pourrait le croire. L'adolescence est une période intense pour eux comme pour vous, et même si vous croyez qu'ils sont grossiers, vulgaires et insensibles, je vous invite à apprendre à les connaître davantage et à regarder au-delà de leurs apparences de dur à cuire. Bien que les gars vous énervent parfois, sachez que la vie serait bien triste et bien monotone sans eux, et que plus vous vieillirez, moins vous pourrez vous en passer !

Ce qu'il faut savoir sur les gars

- Ils ont moins tendance à remarquer les détails, comme votre nouveau pull ou votre nouvelle coupe de cheveux, alors ne vous cassez pas trop la tête avec cela ; ce n'est pas qu'ils se fichent de vous, c'est simplement qu'ils ont moins le sens de l'observation et qu'ils accordent souvent moins d'importance à l'esthétique.
- Si votre amoureux oublie de vous appeler quand il est avec ses amis, ne vous en faites pas trop. Ce n'est pas qu'il ne vous aime pas ou qu'il ne pense pas à vous, c'est simplement qu'il profite du moment présent et qu'il ne se doute pas que vous êtes désespérée.
- Les garçons ont moins tendance à analyser chaque détail que les filles et disent généralement ce qu'ils pensent. Par conséquent, n'essayez pas toujours de trouver un sens caché à leurs paroles.
- Pour les garçons, les amis sont souvent la priorité, alors il faut prendre votre mal en patience.
- Si vous pleurez et que votre copain ne réagit pas, ce n'est pas parce qu'il est insensible ou qu'il se fiche de vos sentiments ; c'est bien souvent qu'il ne sait pas trop comment réagir à vos larmes et qu'il ne veut pas commettre de faux pas.
- Les garçons ont souvent de la difficulté à exprimer leurs émotions. Donc, soyez patiente et aidez-les à sortir de leur coquille.
- Si votre copain ne peut pas vous voir parce qu'il veut absolument regarder un match de football, ne faites pas de crise inutile. Il risquerait de se sentir étouffé et de paniquer. Profitez-en plutôt pour faire les activités que vous adorez, mais que vous ne pouvez pas faire quand vous êtes avec lui !

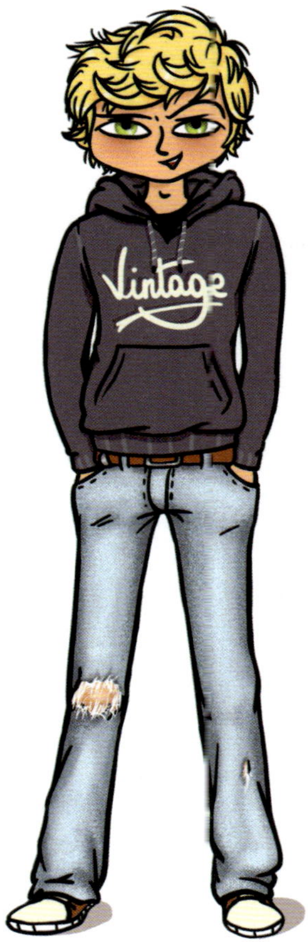

Test

Quelle romantique es-tu ?

1 Quelle est la soirée parfaite avec ton amoureux ?

a) Un dîner aux chandelles et de la musique douce.

b) Un bon film dans ses bras.

c) Un superconcert avec des tas d'amis.

2 Quel est le plus beau cadeau qu'on puisse te faire ?

a) Un bijou.

b) Un joli pull.

c) Un billet d'entrée à un spectacle.

3 Aimes-tu les comédies romantiques ?

a) J'en raffole !

b) Une fois de temps en temps.

c) Les films à l'eau de rose. Jamais de la vie !

4 Quel est le petit nom que tu donnes à ton amoureux ?

a) Chéri d'amour.

b) Chaton.

c) Je ne lui en donne pas.

5 Pleures-tu en regardant un film triste ?

a) Presque toujours.

b) Parfois, mais c'est rare.

c) Jamais.

6 Quel est ton plus grand rêve ?

a) Que mon prince charmant vienne me délivrer et m'emmène sur son cheval.

b) Que le garçon dont je raffole m'embrasse.

c) Que le garçon dont je raffole me fasse rire aux larmes.

7 Comment célèbres-tu la Saint-Valentin ?

a) Au cinéma et au resto. Idéalement avec des roses et du chocolat.

b) C'est une fête d'adultes moi, je sors avec mes copines !

c) Seule chez moi avec un film, car je trouve cette fête ridicule et trop commerciale.

8 Quand tu es amoureuse :

a) Tu as la tête dans les nuages et tu rêvasses tout le temps avec le sourire aux lèvres.

b) Tu as de l'énergie à revendre et tu te concentres pour ne pas penser tout le temps à lui.

c) Tu paniques un peu parce que tu ne comprends pas ce qui t'arrives.

Comptons les points

Majorité de A

Romantique à la folie

Tu es une éternelle romantique ! Tu raffoles de tous les trucs sentimentaux à l'eau de rose et tu rêves de rencontrer le prince charmant. Tu es souvent dans la lune et tu adores être amoureuse. Il n'y a rien de tel qu'avoir la tête dans les nuages !

Majorité de B

Un peu romantique

Tu n'es pas la plus grande admiratrice des comédies romantiques et des romans d'amour, mais tu aimes bien les surprises et ton cœur fond quand ton petit ami te fait une déclaration d'amour. Tu n'aimes pas trop l'admettre, mais tu es une dure au cœur tendre !

Majorité de C

Pas du tout romantique

Pour toi, romantisme égale trop souvent idiotie et tu as du mal à supporter les couples qui soupirent en se regardant dans les yeux. Pour toi, une soirée en amoureux, c'est une sortie, un concert, des rires et un bon hamburger !

Honnêteté

Une attitude à adopter

L'honnêteté ne se définit pas seulement par la capacité de dire la vérité aux autres.

Être honnête, c'est aussi une attitude qu'on adopte et qui nous pousse à agir de façon loyale et juste, c'est-à-dire à ne pas aller à l'encontre des lois et à éviter de blesser les gens qui nous entourent. Par exemple, c'est l'honnêteté qui nous incite à ne pas tricher, voler ou trahir sans avoir mauvaise conscience. Quelqu'un d'honnête, c'est quelqu'un qui fera tout ce qui est en son pouvoir pour regarder la réalité en face et qui aura le souci de ne pas tromper les autres ou de ne pas leur manquer de respect. **Quand on est honnête, les gens ont inévitablement tendance à nous faire confiance.** Par exemple, si vous dites la vérité à vos parents au sujet de vos activités ou d'une sortie que vous prévoyez de faire, et qu'ils savent qu'ils peuvent compter sur vous parce que vous ne leur mentez jamais, ils seront davantage portés à vous faire confiance et à vous accorder une plus grande liberté, car ils savent pertinemment qu'ils n'ont pas de souci à se faire. C'est pourquoi il est indispensable de leur parler des garçons.

Plutôt que de mentir sur les lieux où vous allez ou les personnes que vous voyez, apprenez à dire la vérité. Certains professeurs font aussi aveuglément confiance à leurs élèves et ne restent pas nécessairement postés devant la classe tout au long des examens pour s'assurer que personne ne triche. Ils préfèrent se fier à l'honnêteté des élèves. Ces derniers ont malheureusement parfois tendance à abuser de cette confiance et à se chuchoter les réponses dès que le professeur a le dos tourné.

L'honnêteté est un exercice de contrôle et de respect de soi et des autres.

L'honnêteté est une qualité qui se travaille et se développe avec le temps. Par conséquent, même si vous avez commis des erreurs de jugement dans le passé, il n'est jamais trop tard pour vous reprendre et pour devenir plus honnête. Si, par exemple, vous vous rappelez que vous avez volé un paquet de gâteaux à l'épicier quand vous étiez petite, il ne sert à rien de vous ronger les sangs durant le reste de votre vie. Le simple fait d'avoir des remords vous prouve que vous êtes au fond quelqu'un d'honnête et que vous n'approuvez pas votre comportement. Il ne vous reste plus qu'à apprendre de vos erreurs et à ne plus jamais voler dans les magasins.

L'être humain est loin d'être parfait, et il doit parfois apprendre de ses erreurs pour s'améliorer et devenir une meilleure personne, alors ne croyez pas que vous êtes un monstre parce qu'il vous est déjà arrivé de manquer de jugement !

Par ailleurs, l'honnêteté commence par soi-même. On doit apprendre à être honnête envers soi et à être capable de voir la réalité en face pour pouvoir être véritablement honnête dans les autres sphères de sa vie. Ce travail demande beaucoup de force intérieure et d'humilité, car on doit en quelque sorte faire face à ses « démons » et s'accepter telle qu'on est tout en assumant ses défauts et les erreurs qu'on a commises dans le passé, afin de chercher à s'améliorer. L'honnêteté, c'est savoir assumer ses responsabilités, ses actes et ses fautes plutôt que de chercher à justifier son comportement à l'aide d'excuses futiles. Ce n'est pas parce que quelqu'un commet une erreur que vous devez suivre son exemple, donc l'erreur d'un autre n'excuse en rien le fait que vous ayez manqué de jugement. Vous pouvez toutefois être honnête et admettre que vous êtes trop influençable, mais que vous cherchez à vous améliorer. L'honnêteté, ce n'est pas seulement la capacité de ne pas agir contre la morale ou de ne pas tromper les autres, c'est aussi la capacité de vous assumer telle que vous êtes, avec vos défauts et vos qualités, et d'admettre vos faiblesses. Pour ce faire, vous devez faire preuve de beaucoup d'humilité et laisser tomber l'orgueil mal placé et les excès de fierté. Il faut apprendre à vous connaître plutôt que de vous dissimuler derrière un masque. La vraie personne en vous est bien plus authentique et bien plus sensible que vous ne le croyez. C'est donc en apprenant à être honnête envers vous-même que vous pourrez être plus sincère envers les autres et gagner leur confiance. C'est d'ailleurs ce sentiment de confiance et de bien-être qui vous fera sentir bien dans votre peau, alors l'effort en vaut certainement la peine !

Vous avez un message

De : princesseT@mail.com

Bonjour Léa

Je suis en troisième et j'aime un garçon dans ma classe, mais ma meilleure amie l'aime aussi ! S'il me demandait de sortir avec lui, est-ce que je devrais dire oui ou dire non pour ne pas blesser mon amie ? Réponds-moi Léa !

De : Léa_jaime@mail.com

Je crois que, avant tout, tu devrais dire à ton amie que tu aimes aussi ce garçon. Ensuite, tu peux lui demander si ça lui ferait de la peine si tu sortais avec lui parce que tu ne veux pas la blesser ou risquer de briser votre amitié. Si tu es honnête avec elle, elle le sera en retour : si tu sors avec le garçon sans lui parler de tes sentiments avant, il y a des risques que ça la blesse. En revanche, si tu es honnête avec elle, elle n'aura pas de mauvaise surprise… ce sera ensuite à toi de juger selon sa réaction. Elle sera peut-être contente pour toi, ou alors elle t'avouera que ça lui ferait trop de peine.

De : Clairecoeurcassé@mail.com

Chère Léa,

Mon petit ami m'a laissée il y a environ un mois, mais je n'arrive pas à l'oublier. Je l'aime encore et tout me fait penser à lui. Est-ce que les peines d'amour durent longtemps ? As-tu des trucs pour m'aider à l'oublier et guérir mon cœur brisé ?

De : Léa_jaime@mail.com

La vérité, c'est qu'il n'y a pas de période de temps préétablie pour passer au travers d'une peine d'amour puisque chacun la vit à sa façon. Je sais que tu aimerais appuyer sur une touche pour cesser d'avoir mal, mais je t'assure que le temps est le meilleur remède. En attendant, je te suggère d'enlever toutes les choses qui te font penser à ton copain et de les ranger dans une boîte au fond de ta garde-robe ; tu les sortiras lorsque tu seras prête.

Je te suggère aussi de te concentrer sur les choses qui ne fonctionnaient pas entre vous plutôt que de penser à ses qualités. Tu peux également te changer les idées en faisant du sport et de nouvelles activités. Après tout, c'est vraiment le moment de penser à toi ! Et puis ne vas surtout pas croire que la douleur durera toujours. Je te promets qu'on finit par s'en remettre et qu'on en ressort encore plus fortes !

Jalousie

Un sentiment qu'il faut savoir doser !

Il nous arrive à toutes d'éprouver de la jalousie en voyant notre petit ami parler à une autre fille. Il est même sain d'éprouver un peu de jalousie de temps à autre ; ça prouve qu'on tient aux gens qu'on aime et qu'on ne veut pas les perdre. On doit toutefois se méfier de ne pas tomber dans le piège de la jalousie maladive. Il ne faut pas étouffer les gens qu'on aime à cause de notre propre insécurité, pas plus qu'il ne faut se montrer méchante envers ceux qu'on envie.

Quand on est jalouse, c'est souvent parce qu'on doute de soi-même et des gens qu'on aime. On ressent de l'insécurité et on ne veut surtout pas perdre leur amour et leur amitié. Rappelez-vous toutefois que ce n'est pas parce que vous manquez de confiance en vous que vous devez étouffer les autres. Pourquoi arrêteraient-ils de vous aimer du jour au lendemain ? Ils méritent votre amour tout autant que vous méritez leur tendresse et leurs attentions, et vous devez apprendre à faire confiance aux gens et à ne pas craindre sans cesse de les perdre. Il faut apprendre à dominer vos peurs et à développer une plus grande estime de vous-même.

La jalousie est aussi souvent liée à l'envie. Chaque fille peut se révéler envieuse de la nouvelle tenue d'une camarade, du bulletin de sa copine s'il est plus respectable que le sien, et de toute la liberté dont jouit son grand frère. Bien que ce soit parfois normal d'envier quelque peu les autres, vous devez apprendre à apprécier ce que vous avez et à ne pas entretenir d'envies malsaines. Parfois on envie tellement une autre fille qu'on devient méchante envers elle. On se met à parler dans son dos et à la rejeter du reste du groupe, alors qu'au fond on

sait très bien qu'on le fait uniquement par jalousie. Il faut donc être très prudente et ne pas vous laisser gouverner par ce mauvais sentiment. **Cessez de vous comparer aux autres et appréciez-vous telle que vous êtes.** À force de faire des crises de jalousie à votre amoureux, à force de vous montrer paranoïaque dès qu'il parle à une autre fille, vous risquez de l'étouffer et de le faire fuir. Lorsque vous agissez ainsi, vous faites preuve d'une grande insécurité, et il en déduira probablement que vous ne lui faites pas confiance et que vous croyez qu'il lui suffit de parler à une fille pour tomber amoureux.

Ça peut être très vexant pour votre amoureux de constater qu'il ne mérite pas votre confiance.

Si vous apprenez à surmonter vos propres insécurités et à acquérir davantage de confiance en vous, vous n'aurez aucune raison de vous en faire puisque vous réaliserez que vous êtes aussi géniale que la fille que vous enviez, que votre style est tout aussi original et que ni votre amoureux, ni votre meilleure amie ne vous laisseront jamais tomber sans raison.

Pour vous aider à vaincre le sentiment de jalousie malsaine qui vous assaille, apprenez donc à vous accepter telle que vous êtes et à apprécier vos propres qualités. Vous constaterez bientôt que plusieurs filles sont tout aussi jalouses de vous et qu'elles vous envient tout autant. Songez à vos amis, à votre famille et à tous les gens qui vous entourent et qui vous aiment. Pensez à vos rêves, à ce que vous avez accompli et à tout ce que vous désirez faire à l'avenir. Faites la liste de vos qualités et vous réaliserez que vous n'avez aucune raison d'envier les autres ni de vous sentir aussi craintive de perdre les gens que vous aimez, car vous êtes vraiment extraordinaire. **Votre vie est géniale telle qu'elle est, alors ça ne sert à rien d'avoir recours à la jalousie et de faire subir vos propres doutes aux autres.** Sachez vous faire confiance et faire confiance aux gens qui le méritent, et vous apprendrez non seulement à maîtriser votre jalousie, mais aussi à entretenir des relations beaucoup plus saines avec les gens de votre entourage.

Es-tu jalouse ?
Un peu, beaucoup, énormément ?

1 Ton petit copain passe la soirée de samedi sans toi. Comment réagis-tu ?

a) Je lui téléphone toutes les heures pour être certaine qu'il ne fait pas de bêtises.

b) Je lui envoie un SMS avant de dormir pour qu'il sache (et se rappelle) que je pense à lui.

c) J'en profite pour voir mes amies.

2 C'est l'heure de la cantine à l'école, que fais-tu ?

a) Je vais m'asseoir avec mes amis sans m'en faire à propos de mon copain.

b) Je m'assois avec des amis, mais j'observe mon copain du coin de l'œil tout au long du déjeuner.

c) Je vais chercher mon copain dans la file et je passe l'heure du déjeuner avec lui. Pas question qu'il me file entre les doigts !

3 Ça ne te dérange pas que ton copain ait des amies filles.

a) Ca ne me dérange pas du tout.

b) Des amies filles ! Jamais de la vie !

c) Plus ou moins, faut voir...

4 Comment réagis-tu par rapport à l'ex de ton petit ami ?

a) Je respecte la relation qu'ils ont eue, mais je ne veux plus qu'il lui parle.

b) Je ne la supporte pas. Hors de question qu'il la voit.

c) C'est fini entre eux, alors ils peuvent être amis.

5 Tu aperçois ton copain avec une fille que tu ne connais pas. Que fais-tu ?

a) Je fais semblant de ne pas les voir et je mène mon enquête plus tard.

b) Je vais me présenter sans trop m'en faire.

c) Je saute sur lui pour l'embrasser et pour qu'elle sache qu'il est déjà pris.

6 Tu t'aperçois que ton copain a laissé son téléphone chez toi. Que fais-tu ?

a) Je le mets dans mon sac pour le lui rendre plus tard.

b) Je meurs d'envie de fouiller dans ses SMS, mais la culpabilité m'empêche d'aller plus loin.

c) Je fouille dans ses numéros et dans ses SMS à la recherche d'une preuve compromettante.

7 Une amie de ton copain l'invite à danser à une fête. Comment réagis-tu ?

a) Je lui fais la gueule le reste de la soirée.

b) Je ne dis rien, mais je m'empresse de danser avec un autre gars pour lui rendre la pareille.

c) Je souris et l'encourage à y aller. Il a le droit de s'amuser. De toute façon je sais qu'il m'aime.

8 Fais-tu confiance à ton petit ami ?

a) Non.

b) Oui.

c) Pas tout le temps...

Comptons les points

1.	a) 1	b) 2	c) 3
2.	a) 3	b) 2	c) 1
3.	a) 3	b) 1	c) 2
4.	a) 2	b) 1	c) 3
5.	a) 2	b) 3	c) 1
6.	a) 3	b) 2	c) 1
7.	a) 1	b) 2	c) 3
8.	a) 1	b) 3	c) 2

Moins de 10 points

Tigresse

Waouh, tu es extrêmement jalouse! Tu as du mal à faire confiance à ton petit ami, et le fait de le voir parler à une autre fille te rend folle! Sache que cette jalousie doit être difficile à vivre pour lui. Cette attitude peut vouloir dire que tu n'as pas confiance en toi. Rappelle-toi ce que tu vaux, et dis-toi que tu ne peux pas contrôler les gestes de ton chum, alors, s'il t'aime, mieux vaut lui accorder ta confiance, tu ne crois pas? Ce sera plus sain pour toi, pour lui et pour votre relation.

De 10 à 18 points

Cool

Tu arrives parfois à dominer ta jalousie et à rationaliser ta peur de perdre ton petit ami. Mais tu éprouves souvent de la jalousie lorsque tu vois ton amoureux en compagnie d'une autre fille ou lorsqu'il fait quelque chose sans toi. À quoi cela te sert-il de t'imaginer le pire? Au fond, tu sais que ton copain est digne de confiance et tu détestes te sentir aussi vulnérable. Alors change ton attitude, ce sera mieux pour toi et pour lui!

Plus de 18 points

Confiante

Tu as confiance en ton copain et tu ne te laisses pas aveugler par la jalousie. Au fond, tu sais que votre relation est géniale et que ça ne sert à rien d'éprouver de la jalousie pour des choses insignifiantes. Tu as confiance en toi et tu souhaites le bonheur de ton copain par-dessus tout! Bravo, tu as atteint un haut niveau de maturité et tu possèdes tous les ingrédients pour mener une vie saine dans une relation épanouie!

Pardon

Pas facile de demander pardon

Il nous arrive à toutes de commettre des erreurs ou de dire des choses qui dépassent notre pensée. Ce qui est compliqué, c'est de s'excuser pour ce qu'on a fait, ou de pardonner à celui ou à celle qui nous a blessée.

Pour se faire pardonner, on doit employer des paroles ou des gestes pour faire comprendre à l'autre qu'on regrette sincèrement ce qu'on a fait. Ce n'est pas facile de demander pardon. On est souvent rongée par la honte et par les regrets, et on ne sait pas trop comment s'y prendre pour que l'autre sache qu'on est vraiment désolée. Je vous assure que, dans la plupart des cas, si on est sincère, le simple fait d'affronter ses peurs et d'aller voir directement la personne pour lui dire qu'on est désolée suffit à lui faire entendre raison. Cela ne signifie pas qu'elle soit prête à oublier, ou même qu'elle puisse oublier le mal que vous lui avez fait, mais elle ne peut nier que vous soyez sincère et que vous regrettiez amèrement votre faute. D'autre part, **si vous êtes celle qui doit pardonner, vous devez parfois apprendre à mettre l'orgueil et la rancune de côté, et à donner une deuxième chance à la personne qui vous le demande.** Par exemple, si vous venez d'apprendre que votre petit ami vous a trahie ou qu'il vous a menti, il se peut que vous vous sentiez blessée et que vous ayez perdu confiance en lui. Même s'il vous faut un certain temps pour rebâtir cette confiance, donnez-lui la chance de s'expliquer et essayez de le comprendre. Votre amour en vaut certainement la peine. Dites-vous que l'erreur est humaine et que tout le monde mérite une deuxième chance. Quand on pardonne on fait preuve de générosité, puisque l'on passe par-dessus le mal qu'on éprouve au profit de l'amour qu'on ressent pour l'autre ou de l'importance qu'on accorde à cette relation. Lorsque vous décidez de pardonner, je vous recommande de laisser l'autre vous dire comment il se sent. De votre côté, il vaut mieux que vous lui expliquiez clairement ce qui vous a blessée pour qu'il n'y ait aucun malentendu et pour qu'une telle chose ne se reproduise plus.

> Lorsque vous décidez de pardonner à quelqu'un, vous devez toutefois être sincère dans vos intentions. Ne le faites pas pour vous venger par la suite ou pour lui rappeler sans cesse ses erreurs.

Si vous choisissez de pardonner, c'est parce que vous êtes vraiment prête à passer à autre chose et à renouveler vos vœux d'amitié, d'amour ou de confiance avec cette personne. Mais si vous sentez que votre pardon ne serait pas tout à fait sincère, mieux vaut lui dire que vous avez besoin de plus de temps pour réfléchir et laisser passer la tempête. Croyez- moi, ce n'est pas en vous vengeant ou en lui faisant mal à votre tour que vous vous sentirez mieux dans votre peau. Il y a parfois des choses qui sont plus difficiles à pardonner, et certaines blessures prennent beaucoup plus de temps à cicatriser. Si vous êtes celle à qui on a fait du mal, il faut savoir exprimer cette peine et dire à la personne que vous avez besoin de temps. Il se peut que les choses ne redeviennent jamais comme avant, selon la gravité de ce qu'on vous a fait. Si vous êtes celle qui cherche à se faire pardonner une faute, faites comprendre à l'autre personne à quel point vous êtes désolée et faites-lui part de votre peine et de vos regrets, mais respectez également

ce qu'elle vous demande et laissez-lui le temps de digérer. Vous pouvez aussi essayer de lui écrire une lettre, puisque les mots permettent parfois d'exprimer toutes les choses qu'on n'ose pas dire de vive voix. Enfin, quoi qu'il arrive, mieux vaut admettre vos torts et être tout à fait honnête avec la personne que vous avez blessée. Si elle n'est toujours pas prête, faites-lui bien comprendre que vous ne répéterez pas votre erreur et dites-lui à quel point elle est importante pour vous. Quand on est blessée, le meilleur remède est souvent de se sentir aimée, alors n'hésitez pas à le lui dire.

Le pardon est un cadeau qu'on offre, une deuxième chance pour tout effacer et repartir à zéro.

Même s'il n'est pas facile d'oublier le mal qu'on nous a fait, il vaut souvent la peine d'accorder cette chance aux gens qu'on aime. Dites-vous qu'ils ont certainement appris de leur erreur et qu'ils ne prendront pas de nouveau le risque de vous perdre. Le pardon est un acte de bonté et de générosité dont il faut savoir gratifier les gens qu'on aime et qui en valent la peine. Rappelez-vous qu'aucun être humain n'est parfait, et que vous avez certainement déjà commis vous aussi des erreurs qu'on vous a pardonnées, alors donnez à cette personne la chance de vous prouver qu'elle vous aime. Je suis certaine que si elle est importante à vos yeux, vous ne le regretterez pas.

Passion

Mordre dans la vie

La passion est un concept souvent très controversé. On ne sait pas s'il s'agit d'un bonheur ultime à atteindre ou plutôt d'un danger à éviter.

Est-ce bien d'être passionnée, ou est-ce que ça nous mène inévitablement à notre perte ? Que dire de l'amour ? Est-ce vrai que la passion ne dure jamais ? Doit-on opter pour une relation basée sur la confiance et la tendresse, ou devons-nous nous laisser guider par notre instinct passionné et profiter entièrement du moment présent sans penser au lendemain ? Toutes ces questions sont tout à fait pertinentes lorsque l'on aborde le thème de la passion. Il s'agit d'un sentiment très intense qui nous fait planer, nous enivre et nous pousse souvent à dépasser nos limites. Quoi qu'il en soit, la passion comporte des avantages et des inconvénients à considérer.

Le feu de la passion

Quand on est passionnée par quelque chose, on est souvent portée à se surpasser et à tout faire pour atteindre ses objectifs. Par exemple, si vous êtes une passionnée de danse, vous ferez tout ce qui est en votre pouvoir pour être admise dans un programme d'études

spécialisé et pour parvenir à en faire une carrière. C'est la passion que vous éprouvez pour cette activité qui vous pousse à faire des efforts et à donner tout ce que vous avez pour réussir. La passion peut donc nous servir de guide, nous encourager à nous dépasser et à réaliser nos rêves. De plus, une personne passionnée est souvent quelqu'un qui mordra dans la vie et qui savourera pleinement toutes les occasions qui s'offrent à elle. La passion peut donc s'avérer très saine puisqu'elle donne de la couleur à la vie et nous fait sentir extrêmement vivante.

Quoi de plus exaltant qu'une première passion amoureuse ? Il ne faut toutefois pas confondre passion et amour. **La passion a parfois tendance à nous aveugler, à nous faire ressentir des choses intenses et à nous inciter à brûler la chandelle par les deux bouts.** Dans une relation, il s'agit d'un sentiment extrêmement vif et d'une forte intensité qui nous transporte au septième ciel. À force de connaître la personne et de la côtoyer, il se peut que ce sentiment s'atténue et qu'il se transforme en véritable amour. On ressent alors un sentiment de plénitude, de tendresse et de bonheur en présence de l'autre, mais on a l'esprit plus tranquille.

Les dangers de la passion

La passion peut parfois s'avérer dangereuse. Comme il s'agit d'un sentiment qui peut affecter le jugement, vous pourriez commettre des actes sur un coup de tête et le regretter par la suite. De plus, la passion peut vous pousser aux extrêmes et vous entraîner à vouloir l'autre à tout prix et en toute exclusivité. Vous risquez alors de tomber dans le piège de la jalousie, des crises de larmes, des déchirements inutiles, et de vous livrer à des comportements d'une extrême violence émotionnelle. D'accord, vous vous sentez vivante, mais il ne faut pas devenir folle La passion nous rend souvent aveugles et nous incite à agir sans prendre conscience de nos actes. Tout est si intense et torride qu'on y devient accro et qu'on n'arrive plus à prendre du recul. Il arrive aussi que les passions s'éteignent brusquement, ce qui peut nous bouleverser pendant très longtemps. Souvent, ce n'est pas parce qu'on aimait tellement l'autre, mais plutôt parce qu'on vivait quelque chose de si intense que la chute est beaucoup plus abrupte que ce à quoi on s'attendait.

La passion nous pousse aussi parfois à vouloir atteindre un objectif à tout prix, et la déception de ne pas l'avoir atteint nous ébranle encore plus que le reste.

Néanmoins, il est important d'être passionnée dans la vie. Que ce soit par un garçon, par vos amitiés, par une activité, par un métier ou par la vie en général, il vaut toujours mieux mordre dans la vie à pleines dents que la regarder filer sans rien faire. Vous devez toutefois être prudente et éviter de laisser vos passions vous aveugler et vous fermer à tout ce qui vous entoure. Utilisez plutôt ce caractère passionné qui vous définit si bien pour transmettre aux autres votre amour de la vie et votre joie de vivre. Ouvrez les yeux sur ce qui vous entoure et apprenez à dompter vos passions pour qu'elles demeurent saines et vous poussent à vous surpasser sans vous écraser. Pour ce qui est de l'amour, si vous vivez une grande passion et qu'elle ne s'avère pas viable à long terme, dites-vous que vous avez de la chance d'avoir ressenti quelque chose d'aussi intense et apprenez de votre expérience sans devenir trop amère. La vie est remplie de hauts et de bas, et il faut apprendre à apprécier toutes les expériences qui se présentent à vous et à profiter de la vie avec une attitude positive !

Peine d'amour

Sentiment de tristesse et de solitude

Certaines d'entre vous ont peut-être eu la chance de connaître le grand amour et de vivre cette période euphorique qui vous donne l'impression de flotter sur un nuage. Malheureusement, lorsque cette relation prend fin, vous vous retrouvez en proie à un dur sentiment de solitude et d'abandon.

Lorsque l'on connaît une peine d'amour, on a souvent l'impression que le monde s'écroule et que la douleur qu'on éprouve ne partira jamais. Le sentiment de tristesse et de grande solitude qu'on ressent alors est difficile à décrire. Personne ne réagit de la même façon : certaines filles pleurent, d'autres sont en colère contre le monde entier ou ne parviennent plus à fermer l'œil. Ce qui est certain c'est que les peines d'amour ne sont pas une période de tout repos! D'un autre côté, elles nous permettent de grandir, d'apprendre et surtout de ressentir toutes sortes de choses qui, étrangement, nous font sentir vivantes.

Pour guérir d'une peine d'amour il faut passer plusieurs étapes.

Beaucoup de filles ressentent d'abord de la tristesse, puis un sentiment d'abandon, de rage et de solitude. Pour chaque relation la guérison s'effectue à un rythme différent et il y a des peines d'amour qui prennent plus de temps à cicatriser. Quoi qu'il en soit, **il n'existe aucune recette magique pour apaiser cette souffrance, mis à part le temps.**

Je sais que c'est la dernière chose qu'on veut entendre quand on a une peine d'amour, et je sais que les heures semblent souvent s'écouler avec une lenteur exaspérante, mais il faut savoir que, peu à peu, la douleur deviendra moins intense et que les choses finiront par s'arranger. Les réveils seront bientôt moins difficiles et les crises de larmes de moins en moins fréquentes.

Bien qu'il n'existe aucune solution miracle pour se débarrasser de ce désespoir, sachez qu'il y a plusieurs façons de vous changer les idées et de rendre cette période un peu moins difficile. Lorsque l'on a une peine d'amour, on est souvent tenté de se recroqueviller sur soi-même, de pleurer toutes les larmes de son corps et même de s'apitoyer sur son sort. **Il faut au contraire s'efforcer de reprendre confiance en soi, de s'occuper, de se changer les idées et de reprendre le contrôle de sa vie et de son quotidien.**

Non à la solitude, profitez-en pour passer du temps avec vos amies. Elles sont là pour vous écouter, vous conseiller et vous changer les idées. Vous pouvez aussi vous confier à vos parents et à vos proches, ou alors écrire tout ce que vous avez sur le cœur dans votre journal intime. Écrire ce qu'on ressent aide à se libérer de la boule qui nous serre la gorge. Lire des livres ou des *tchats* sur le sujet nous rappelle que nous ne sommes pas les seules à passer par là. Songez aussi à faire des activités qui vous mettront dans un meilleur état d'esprit. Les sports peuvent vous aider à vous défouler et à évacuer le surplus d'émotions négatives. Celles d'entre vous qui ont l'âme plus artistique peuvent s'inspirer de ce qu'elles ressentent pour développer leur art. Il est aussi recommandé d'essayer de nouvelles activités, de prendre des risques, d'apprendre à cuisiner, à danser, à jogger, à dessiner, bref, de faire tout ce qui est nécessaire pour se sortir de sa torpeur.

Les peines d'amour sont aussi une occasion de penser à vous et de vous gâter.

Aimez-vous et on vous aimera ! Allez faire du shopping, faites-vous couper les cheveux, relaxez-vous, respirez et vivez... La peine que vous ressentez vous prouve au moins que vous avez connu le grand amour, et être capable d'éprouver un tel sentiment est une chose merveilleuse.

La première vraie peine d'amour est souvent considérée comme la pire, car on ne sait pas du tout à quoi s'attendre, ni comment surmonter le sentiment d'abandon et la nostalgie qui accompagnent souvent le chagrin. Certaines filles voient aussi la première peine d'amour comme une sorte de perte d'innocence, puisque l'on se sent blessée pour la première fois et qu'on réalise que l'amour ne dure pas toujours éternellement. Quoi qu'il en soit, il s'agit tout de même d'une expérience de vie qui nous permet de grandir et d'apprendre.

Vous méritez d'être heureuse même sans lui.

Un chagrin d'amour nous donne souvent l'impression que plus rien n'a d'importance, que le bonheur n'existe plus, qu'on ne trouvera jamais quelqu'un qui nous rendra aussi heureuse et qu'on ne pourra plus jamais aimer de la même façon. Détrompez-vous. Bien qu'une peine d'amour soit une période difficile à traverser, vous avez tout de même la vie devant vous et une tonne de gens à rencontrer. C'est vrai, ce ne sera peut-être pas comme avec le premier garçon qui vous a fait craquer et qui vous a brisé le cœur, mais votre prochain amoureux sera quelqu'un de différent, qui vous fera vivre une toute nouvelle histoire et qui vous rendra peut-être beaucoup plus heureuse. Après une déception amoureuse, il est bon de faire le point, de prendre le temps de réfléchir à ce que vous voulez et à ce que vous recherchez. Rappelez-vous à quel point vous êtes spéciale et n'oubliez pas que vous ne méritez rien de moins que d'être heureuse. Certaines en profiteront donc pour rester célibataires durant un certain temps, histoire de se changer les idées et de bien cicatriser, tandis que d'autres préféreront passer rapidement à autre chose pour oublier et ne pas se laisser crouler sous les larmes.

Faites bien attention, si vous ne prenez pas le temps de guérir, la peine et la nostalgie reviendront vous hanter tôt ou tard.

Comme je le disais auparavant, le temps arrange bien des choses, et même s'il semble passer trop lentement, dites-vous qu'en bout de ligne, cette peine d'amour vous fera grandir et que la douleur fait bien souvent partie de l'amour. L'important, c'est de ne pas perdre espoir. Vous êtes jeune et vous avez plusieurs grands amours devant vous, alors gardez vos yeux et votre cœur grands ouverts !

Test

Êtes-vous faits l'un pour l'autre ?

1 Vous complétez souvent la phrase de l'autre.

– D'accord
– Pas d'accord

2 Vous avez les mêmes intérêts.

– D'accord
– Pas d'accord

3 Vous pouvez vous confier l'un à l'autre.

– D'accord
– Pas d'accord

4 Vous avez de la difficulté à vous passer l'un de l'autre.

– D'accord
– Pas d'accord

5 Vous êtes prêts à faire des compromis pour faire plaisir

– D'accord
– Pas d'accord

6 Tu t'entends super bien avec ses amis, et vice- versa.

– D'accord
– Pas d'accord

7 Il connaît tes goûts.

– D'accord
– Pas d'accord

8 Il est ton amoureux et ton meilleur ami.

– D'accord
– Pas d'accord

9 Tu le trouves mignon même après deux heures de sport.

– D'accord
– Pas d'accord

10 Tu sais que tu es la plus belle à ses yeux.

– D'accord
– Pas d'accord

Comptons les points

1.	D'accord : 5	Pas d'accord : 0
2.	D'accord : 5	Pas d'accord : 0
3.	D'accord : 5	Pas d'accord : 0
4.	D'accord : 5	Pas d'accord : 0
5.	D'accord : 5	Pas d'accord : 0
6.	D'accord : 5	Pas d'accord : 0
7.	D'accord : 5	Pas d'accord : 0
8.	D'accord : 5	Pas d'accord : 0

Moins de 40 points.

Couple étrange et dépareillé

Vous aimez être ensemble et vous vous amusez peut-être beaucoup, mais tu ne te sens pas en complète harmonie avec ton petit ami. Quand tu y réfléchis bien, vous n'avez pas tant de choses en commun et tu ne te vois certainement pas passer ta vie à ses côtés. Regarde autour de toi, le vrai prince charmant pourrait frapper à ta porte !

De 40 à 70 points.

Quand y'a de l'amour, y'a de l'espoir

Vous passez des moments super ensemble et tu sens que vous avez une vraie complicité, mais il vous reste encore beaucoup à apprendre l'un de l'autre. Tu sens que cette relation pourrait sans doute aller loin, mais tu aimerais que les choses se fassent plus naturellement. Ne te décourage pas et apprends à bien le connaître avant de baisser les bras !

Plus de 70 points.

Le couple que tout le monde envie

Vous allez si bien ensemble et vous vous complétez si bien que vous faites l'envie des gens qui vous entourent ! Tout semble si simple avec lui ! Il est ton ami, ton copain, ton confident ! Tu peux compter sur lui. Vous vous entendez à merveille et vous vous respectez. Tu en as de la chance ! Prends soin de ton chum, il le mérite !

Vous avez un message

De : littlecat@mail.com

À chaque fois que je tombe amoureuse d'un garçon, cela dure seulement un mois. Et tout de suite après, je m'en trouve un autre à aimer. Je change d'avis avant même de leur dire que je les aime. Est-ce que je suis un cœur d'artichaut ? Que dois je faire ?

De : Léa_jaime@mail.com

D'après moi, cela veut simplement dire que tu n'as pas encore rencontré le bon garçon. En réalité tu n'as pas encore été amoureuse. C'est normal de t'intéresser aux garçons qui t'entourent sans nécessairement tomber follement amoureuse. Je suis sûre que tu connaîtras un garçon qui saura attirer ton attention plus que les autres et qui fera battre ton cœur. De ton côté, tu dois t'assurer que tu leur accordes assez de temps et que tu apprends à les connaître suffisamment avant de porter un jugement ou de passer un autre candidat !

De : ariane-3rivieres@mail.com

Au secours Léa !

J'ai un gros problème avec mon copain : aujourd'hui il m'a demandé qu'on prenne une pause d'une semaine, car il a besoin de réfléchir à notre relation! Je ne sais pas quoi faire. Qu'est-ce qu'il veut dire ? C'est très dur pour moi, je n'arrive pas à supporter ça. Je me sens perdue.

Ariane

De : Léa_jaime@mail.com

Ce n'est pas facile quand on perd le contrôle dans une relation, mais tu dois respecter les besoins de ton petit ami et lui accorder l'espace dont il a besoin pour réfléchir. Je sais que c'est terrifiant de ne pas savoir et de risquer de le perdre. Tu as peut-être peur de te faire rejeter. Profite de cette pause pour réfléchir à tes propres besoins et à ce qui ne fonctionne pas dans votre relation. Pourquoi les choses ont-elles mal tourné et que peux-tu faire pour arranger certains problèmes ? Es-tu heureuse avec ce garçon ? Si tu crois que oui et qu'il en vaut la peine, alors attends d'en discuter avec lui. Mais si tu sens que tu n'es plus aussi bien, alors mieux vaut regarder la réalité en face et chercher à être heureuse sans lui. Tiens-moi au courant !

Plaisir

Sentiment très agréable de satisfaction et de joie

Le plaisir est un état de plénitude, de bonheur intense et de bien-être physique ou émotionnel. Il peut être lié à la satisfaction d'un besoin physique ou affectif, ou encore à un sentiment de réussite et de devoir accompli.

Dans la vie, toutes sortes de petits plaisirs peuvent nous rendre heureuses. Par exemple, le simple fait de magasiner de temps à autre, de partager un bon repas avec des gens qu'on aime, de se détendre après une longue journée, de regarder un film en famille ou entre amis, de s'amuser, de rire et de profiter de la vie nous réjouit et nous procure du plaisir. Aussi, les grandes réalisations liées à l'amour, au travail, à l'école ou au dépassement de soi ont toujours tendance à nous procurer un sentiment de bonheur et de bien-être étroitement lié au plaisir. Évidemment quand on parle de plaisir on fait aussi allusion au plaisir sexuel. Ce dernier peut être ressenti à plusieurs degrés et dans toutes sortes de circonstances. Non seulement le fait de se retrouver avec quelqu'un de spécial, qu'on peut toucher et découvrir, nous procure du plaisir, mais la découverte de son corps et des sensations qui nous plaisent entraîne également une satisfaction physique très intense. Sachez d'abord que, lorsqu'il est question de plaisir sexuel, il faut être patiente.

Évidemment, votre corps va réagir au toucher de l'autre et va s'exciter, ce qui vous fera éprouver une sensation très agréable, mais vous devez quand même apprendre à écouter votre corps pour savoir ce qui lui plaît davantage, et ainsi donner la chance à votre partenaire d'apprendre à le connaître aussi. À l'adolescence, on vit souvent nos premières expériences sexuelles, et c'est normal d'être maladroit quand on ne sait pas trop comment s'y prendre. **C'est pour cette raison qu'il est important d'apprendre à connaître votre corps et d'être à l'écoute de vos sentiments**. N'ayez pas peur de partager ce que vous ressentez avec votre partenaire pour qu'il apprivoise votre corps et agisse en fonction de votre plaisir. La masturbation devient ici très utile, car elle vous permet de découvrir vos zones érogènes et de déterminer ce qui vous plaît.

Le plaisir sexuel est une question de méthode, de complicité avec l'autre, de sensualité, de contacts physiques et d'exploration. On ne connaît pas l'extase du jour au lendemain, on doit d'abord apprendre à toucher, à embrasser, à apprivoiser son corps et celui de l'autre et à prendre bien son temps pour ressentir le plaisir et en offrir à son partenaire.

L'orgasme

L'orgasme est l'état d'excitation sexuelle ultime que vous ressentez parfois lorsque vous jouissez et lorsque le garçon éjacule. C'est durant l'orgasme que l'on ressent un plaisir sexuel ultime et un laisser-aller sans précédent. Durant quelques secondes, vous sentez que votre esprit se détache de votre corps et vous éprouvez un plaisir physique des plus intenses. Si vous n'avez jamais connu l'orgasme, il ne faut pas désespérer. Vous pouvez par ailleurs commencer par la masturbation pour chercher à l'atteindre et pour savoir quelle technique fonctionne le mieux pour vous. Avec un partenaire, ce n'est pas aussi simple. Les plaisirs physique et émotionnel sont étroitement liés. Pour atteindre l'orgasme, il vous faut être extrêmement détendue et vous trouver en présence de quelqu'un que vous aimez, que vous respectez et qui vous connaît bien. Pour atteindre le septième ciel, il faut se laisser aller et se sentir en confiance, et c'est souvent avec quelqu'un qu'on aime et qu'on apprécie au plus haut point qu'on peut atteindre cet objectif.

Plaisir du corps, plaisir du cœur

Ainsi, rappelez-vous que le plaisir physique est étroitement lié à celui du cœur. Vous devez non seulement apprendre à connaître votre corps, mais aussi apprendre à écouter et à respecter les besoins de votre partenaire pour ne pas penser qu'à vous. Le plaisir sexuel est affaire de communication et, avant d'atteindre l'orgasme, il y a diverses étapes à franchir qui vous procureront énormément de plaisir. La découverte de la sexualité est par ailleurs un moment important de votre vie, et il est essentiel de ne pas négliger ces étapes et d'être à l'écoute de votre corps et de votre cœur. Si vous aimez quelqu'un, l'intimité et la complicité que vous partagez avec lui vous aideront certainement à vous sentir à l'aise, à vous laisser aller et à ressentir une immense satisfaction physique et émotionnelle. N'oubliez pas de partager avec l'autre ce que vous ressentez et d'être aussi à l'écoute de son plaisir et de ses besoins. Le plaisir se construit peu à peu, alors ne cherchez pas à brûler les étapes. Profitez plutôt de chacune d'elles pour apprendre à connaître davantage votre corps et vos sources de plaisir. Vous n'en serez que plus épanouie!

Test

Es-tu une séductrice ?

1 Tu as repéré un garçon qui te plaît. Que fais-tu ?

a) Je l'évite parce qu'il me rend trop nerveuse.

b) Je lui écris un petit message romantique avec mon numéro de téléphone.

c) Je lui demande s'il a envie d'aller au cinéma avec moi.

2 Tu es au cinéma, et tu t'aperçois qu'un gars supermignon n'arrête pas de te regarder. Que fais-tu ?

a) Je lui souris en espérant qu'il vienne me voir après le film.

b) Je lui fais un signe avec les mains pour signifier « téléphone » et je lui file mon numéro après le film.

c) Je détourne le regard et je deviens toute rouge.

3 Tu es dans une fête et tes amies arrivent à te convaincre d'aller parler au garçon de tes rêves. Comment t'y prends-tu ?

a) Je lui pose des questions sur sa vie et ce qu'il aime.

b) Je parle de la météo.

c) Je lui fais un sourire charmeur et je plonge mon regard dans le sien.

4 Tu danses avec un gars et tu meurs d'envie de l'embrasser. Que fais-tu ?

a) Je regarde ailleurs en espérant qu'il devine mes sentiments.

b) Je l'embrasse. Qui ne risque rien n'a rien.

c) Je lui souris et je le regarde en attendant qu'il fasse le premier pas.

5 Tu veux éblouir un garçon. Comment t'y prends-tu ?

a) Je m'habille supersexy et je marche devant lui d'un pas déterminé.

b) Je lui fais lire une dissertation que j'ai écrite et dont je suis très fière.

c) Je m'arrange pour être superdrôle et rire aux éclats quand il est proche de moi.

6 Quelle est la couleur qui te définit le plus ?

a) Le blanc.

b) Le rouge.

c) Le gris.

7 Quel est l'animal qui te définit le plus ?

a) Le lion.

b) Le chat.

c) Le lièvre.

8 Quel adjectif te convient le mieux ?

a) Drôle.

b) Mystérieuse.

c) Fonceuse.

Comptons mles points

1.	a) 1	b) 2	c) 3
2.	a) 3	b) 2	c) 1
3.	a) 3	b) 1	c) 2
4.	a) 2	b) 1	c) 3
5.	a) 2	b) 3	c) 1
6.	a) 3	b) 2	c) 1
7.	a) 1	b) 2	c) 3
8.	a) 1	b) 3	c) 2

Moins de 10 points.

Timide

Tu es assez timide et tu aimes que les garçons fassent les premiers pas. Tu as tendance à avoir peur qu'on te blesse et tu es méfiante lorsqu'un garçon s'intéresse à toi. Tu as l'air de ne pas t'intéresser aux garçons et ça te donne un côté mystérieux qui fait souvent des ravages. Apprends à te faire confiance et à regarder différemment les gens qui s'intéressent à toi !

De 10 à 18 points.

Charmeuse

Tu es une fille drôle et sociable et c'est souvent ces deux aspects qui font craquer les garçons. Tu n'as pas peur de poser des questions, de t'informer, mais tu hésites souvent à faire le premier pas, car tu préfères que le gars prenne les devants. Utilise ton aplomb et ton sens de l'humour pour foncer et ne doute surtout pas de tes charmes !

Plus de 18 points.

Séductrice

Tu es une fonceuse et tu n'as pas peur de faire les premiers pas avec les garçons. Pourquoi attendre qu'ils se décident si tu sais ce que tu veux ? Tu aimes charmer et tu n'as pas peur de te servir de tes atouts pour séduire le gars de tes rêves. C'est génial que tu aies autant confiance en toi, mais n'aie pas peur de te confier davantage et de montrer ta sensibilité.

Premier baiser

Un moment magique

Les filles se posent toutes des questions au sujet de leur premier baiser. Est-ce vraiment censé être un moment magique ? Doit-on vraiment en faire toute une histoire ? Y a-t-il un mode d'emploi ? Comment savoir si on embrasse bien ou mal ? Comment s'assurer que tout se passe bien ?

Tout d'abord, pas de panique. Le premier baiser dépend de chaque fille ; certaines attendent d'être amoureuses pour franchir ce pas, alors que d'autres embrassent quelqu'un pour la première fois sans trop y penser. Je dois toutefois mentionner qu'il s'agit bel et bien d'un moment magique et d'un souvenir que vous conserverez probablement tout au long de votre vie. Aussi, je vous conseille personnellement de partager votre premier baiser avec quelqu'un qui vous est cher, pour rendre le moment encore plus magique et pour apprécier davantage ce geste d'intimité et de tendresse. Il existe divers types de baisers, mais lorsque l'on parle de « premier baiser » on fait généralement allusion au « *french kiss* » c'est-à-dire au premier baiser avec la langue. Il se peut que votre premier baiser vous paraisse dégoûtant, surtout s'il survient dans un contexte où vous n'en avez pas vraiment envie, avec quelqu'un qui ne vous plaît pas tellement ou dans le cadre d'un jeu comme la bouteille. Vous trouverez peut-être qu'il y a trop de salive, que le contact de la langue n'est pas très agréable ou que cela n'attise en rien votre désir, ne vous découragez pas ! Un baiser est une sorte de connexion qui se crée entre deux personnes, et le jour où vous embrasserez quelqu'un dont vous êtes amoureuse, vous comprendrez davantage tout l'attrait émotif, sensuel et même sexuel d'un baiser. Il s'agit aussi de quelque chose qui se développe entre deux personnes.

Chacun embrasse à sa façon, alors il est normal qu'il y ait une période d'adaptation durant laquelle vous devez apprendre à vous habituer à la « technique » de l'autre, et vice-versa. Après quelques baisers, la technique deviendra commune, car vous aurez inventé ensemble une façon très intime de vous embrasser.

Certaines demandent s'il y a un âge pour recevoir son premier baiser. Il n'existe aucune règle générale. L'important, c'est d'y aller à votre rythme et de le faire quand vous vous sentez prête et que vous en avez réellement envie. Ne vous laissez pas influencer par la pression sociale ou les histoires des autres filles. Mieux vaut que votre premier baiser soit un peu tardif, mais que vous le partagiez avec quelqu'un qui en vaut la peine et dans un contexte où vous vous sentez tout à fait à l'aise. Par ailleurs, il est tout à fait normal de se sentir nerveuse lors du premier baiser, mais je vous assure que lorsque vos lèvres se touchent, que vos bouches s'ouvrent légèrement et que vos langues se joignent, les choses finissent par s'enchaîner de façon naturelle. Un baiser ne doit pas être trop technique, vous devez vous laisser guider par vos émotions et par votre désir tout en restant à l'écoute de votre corps. Si vous êtes amoureuse, je vous garantis que vous y prendrez vite goût et que vous et votre amoureux passerez sûrement de longues heures à vous embrasser passionnément.

Test

Es-tu prête à avoir un amoureux ?

1 Tu envies les filles qui ont un petit copain.

– Vrai
– Faux

2 Tu aimes ton indépendance et ta liberté.

– Vrai
– Faux

3 Tu aimerais avoir un petit ami et pouvoir tout lui confier.

– Vrai
– Faux

4 Les copines c'est bien plus important que les amours.

– Vrai
– Faux

5 Entre les copines, le sport et l'école, tu considères que tu n'as pas le temps d'avoir un petit copain.

– Vrai
– Faux

6 Quand tu regardes autour de toi, les relations amoureuses te semblent trop compliquées.

– Vrai
– Faux

7 Tu rêves d'être amoureuse et de vivre une belle histoire comme dans les romans.

– Vrai
– Faux

8 Tu adores être célibataire. Les garçons ce sera pour plus tard.

– Vrai
– Faux

9 Quand tu as un petit ami, tu veux passer le plus de temps possible avec lui.

– Vrai
– Faux

10 Tu n'as aucune hésitation à présenter ton petit copain à ta famille.

– Vrai
– Faux

Comptons les points

1.	Vrai : 5	Faux : 0
2.	Vrai : 0	Faux : 5
3.	Vrai : 5	Faux : 0
4.	Vrai : 0	Faux : 5
5.	Vrai : 0	Faux : 5
6.	Vrai : 0	Faux : 5
7.	Vrai : 5	Faux : 0
8.	Vrai : 0	Faux : 5
9.	Vrai : 5	Faux : 0
10.	Vrai : 5	Faux : 0

Moins de 20 points.

Indépendante

Tu es très bien toute seule et tu ne ressens pas le besoin ou l'envie de t'investir dans une relation sérieuse. Tu crois peut-être que tu es encore trop jeune, ou alors tu trouves que les relations amoureuses sont compliquées et tu n'as pas vraiment envie de plonger dans ce casse-tête émotif. Même si tu es indépendante et que tu aimes être célibataire, ne te ferme pas trop aux possibilités, car l'amour peut être très enrichissant et peut te faire vivre de grandes choses.

De 20 à 35 points.

Hésitante

Tu n'es pas fermée à l'idée d'avoir un petit copain et de vivre une relation sérieuse, mais tu apprécies aussi le fait d'être célibataire et de jouir de ta liberté. Tu attends sûrement de rencontrer le bon garçon et tu n'es pas pressée. Tu veux faire le bon choix et être vraiment amoureuse. En attendant tu profites de ta liberté avec tes copines et ta famille. Tu es un peu comme un caméléon; tu peux très bien t'adapter aux deux situations!

Plus de 35 points.

Prête

Tu rêves de rencontrer le prince charmant et de vivre une relation sérieuse. Tu n'as aucune envie d'être célibataire et tu envies les filles qui partagent tout avec leur petit copain et qui vivent le grand amour. Offre-toi toutes les possibilités pour rencontrer le gars parfait, mais apprends aussi à être bien toute seule. Profite de ton célibat pour en apprendre davantage sur toi-même. Ce sera profitable au moment où tu vivras une relation sérieuse.

Première fois

Instant de grande intimité

La première relation sexuelle est un moment extrêmement important chez une fille. Quand on parle de la « première fois », on fait allusion à la première vraie pénétration et à cet instant de grande intimité entre deux individus.

Bien que beaucoup de filles perdent leur virginité au cours de l'adolescence, il n'y a pas d'âge pour franchir cette étape importante. L'essentiel, c'est de se sentir prête tant sur le plan physique que psychologique. Comment savoir si on est prête ? Physiquement, on ressent un désir de l'autre qui nous donne envie d'aller plus loin et, psychologiquement, on sait qu'on ne regrettera pas de l'avoir fait, car personne n'exerce de pression sur nous. C'est notre choix, notre rythme et notre décision.

Il est en effet essentiel que vous ne franchissiez pas cette étape pour répondre aux attentes de l'autre, alors que vous, vous ne vous sentez pas prête à le faire. Vous devez respecter votre corps et aller à votre propre rythme, et si votre partenaire vous aime et vous respecte, il saura attendre sans exercer de pression sur vous. Sinon, c'est qu'il n'en vaut pas la peine. Le choix du partenaire est par ailleurs très important. Si vous êtes amoureuse, alors vous n'aurez peut-être aucune difficulté à vous imaginer en train de faire l'amour avec votre petit ami.

Vous savez que vous ne regretterez jamais d'avoir partagé ce moment avec lui, et vous lui faites entièrement confiance. Il est évidemment préférable d'avoir votre première relation sexuelle avec un garçon qui vous respecte, qui vous aime, qui est à l'écoute de votre corps et de vos besoins et qui ne pense pas qu'à lui. La première fois est une étape déterminante à franchir, puisqu'il s'agit d'un pas important vers le monde adulte. Vous découvrez votre corps et votre sexualité.

Il ne faut donc pas prendre ce moment à la légère et perdre sa virginité simplement pour s'en débarrasser. C'est le genre de décision que vous regretteriez amèrement plus tard, car il y a de forts risques pour que vous ne vous sentiez ni respectée ni désirée. Une relation sexuelle est un rapport extrêmement intime durant lequel on se dévoile et on s'offre à l'autre, et vice-versa. Ce n'est pas uniquement une relation physique qui vous unit à votre partenaire, c'est aussi un lien émotif où vous pourrez établir une connexion intense et apprendre à vous connaître davantage.

Une ambiance appropriée

Si vous vous sentez prête à avoir votre première relation sexuelle, je vous conseille par ailleurs de vous aider en créant une ambiance qui vous permettra de vous détendre, et de le faire dans un contexte où vous vous sentirez à l'aise. Évitez, par exemple, de le faire dans la chambre de votre petit ami lorsque ses parents se trouvent tout près, ou lorsque vous êtes pressés par le temps. Choisissez un moment propice où vous pourrez prendre votre temps en toute intimité sans ajouter une source de stress inutile, qui risque de vous nuire. Rappelez-vous qu'il s'agit d'un moment magique et inoubliable et que ça vaut la peine d'attendre un peu plus pour que les choses se déroulent le mieux possible. Optez pour un éclairage tamisé ou romantique qui vous mette bien à l'aise, ainsi que pour une musique qui se prête bien à ce moment d'intimité.

Est-ce que ça fait mal ?

La première relation sexuelle peut en effet être douloureuse. Par conséquent, il est important d'y aller doucement et de bien prendre votre temps. Il se peut aussi qu'il y ait des saignements si votre hymen n'est pas assez souple. Donc, ne vous en faites surtout pas si vous voyez du sang, puisque cela arrive à beaucoup de filles. La douleur dépend en grande partie de votre désir et de votre niveau d'excitation. Plus vous êtes détendue, excitée et lubrifiée, plus la pénétration sera facile et moins elle sera douloureuse. Si au contraire vous n'arrivez pas à vous détendre et que vous êtes crispée et sèche, cela risque de vous faire mal. Bref, prenez votre temps et n'hésitez pas à avoir recours aux baisers et aux préliminaires pour être lubrifiée au maximum. Vous pouvez aussi acheter du lubrifiant intime que vous appliquerez sur votre vulve pour aider la pénétration, si besoin est, et je vous recommande fortement d'opter pour des préservatifs lubrifiés qui rendront la chose plus facile.

Problèmes de garçon

Il se peut que, lors de la première relation sexuelle, la nervosité et l'intensité du désir causent de petits problèmes à votre partenaire. Il se pourrait, par exemple, qu'il ait de la difficulté à contrôler son désir et qu'il éjacule très rapidement, ou encore qu'il ne parvienne pas à contrôler son érection et que la nervosité l'empêche de passer à l'acte. Si c'est le cas, il est important que vous le mettiez à l'aise sans lui poser des milliers de questions ni lui faire des reproches qui risqueraient d'accroître son anxiété et d'empirer la situation. Vous devez tous deux être à l'écoute de vos corps et vous respecter mutuellement. Que vous soyez tous deux vierges ou non, la communication entre votre partenaire et vous est extrêmement importante. Allez-y à votre rythme, n'hésitez pas à le lui dire si vous ressentez de la douleur ou si vous voulez arrêter en cours de route. Si votre partenaire a un peu plus d'expérience, il comprendra peut-être davantage votre situation et saura vous mettre bien à l'aise. Mais si c'est la première fois pour lui également, il est tout aussi essentiel que vous lui disiez ce que vous ressentez et que vous franchissiez cette étape ensemble, en toute sincérité et en toute intimité.

Quand ça ne fonctionne pas...

Encore une fois, pas de panique! Certaines filles doivent essayer à plusieurs reprises avant que le pénis puisse pénétrer complètement dans le vagin. Il se peut donc que vous deviez y aller peu à peu, ce qui vous permettra d'apprendre à connaître davantage votre corps et de discerner ce qu'il aime de ce qu'il aime moins. Il se peut aussi que la première fois soit désagréable et que vous soyez un peu déçue. En quoi est-ce que ça fait du bien? Comment éprouverai-je un jour du désir en faisant l'amour? En quoi est-ce si spécial? Ces questions et ces doutes sont tout à fait normaux, car vous êtes en train d'explorer votre corps et votre sexualité. Il s'agit d'une période d'apprentissage où vous découvrirez peu à peu ce que vous aimez et où vous apprendrez à contrôler votre désir et à apprivoiser le corps de votre partenaire. Même si la première fois est décevante, les choses se replaceront au fur et à mesure, vous connaîtrez de mieux en mieux votre corps, et vous découvrirez peu à peu ce qui vous excite.

Quoi qu'il en soit, allez à votre rythme, respectez vos limites et soyez à l'écoute de votre corps. **La première fois ne doit pas être prise à la légère, ce n'est pas quelque chose dont on se débarrasse pour être comme les autres.** À chacune son rythme et ses propres expériences, alors ne vous comparez pas aux autres. Si vous vous sentez prête à franchir cette étape et à partager ce moment d'intimité avec votre amoureux, n'oubliez surtout pas de vous protéger pour éviter les mauvaises surprises, comme les grossesses et les maladies sexuellement transmissibles. Soyez toujours à l'écoute de votre corps, de votre esprit et de votre désir, et n'hésitez pas à exprimer vos émotions à votre petit ami pour vous sentir mieux et plus confiante.

Sexualité

Reproduction, pratiques sexuelles et identité sexuelle

La sexualité fait non seulement référence au concept de reproduction entre l'homme et la femme, mais aussi à toutes les pratiques sexuelles, de même qu'à votre identité sexuelle en tant que telle.

Au cours de l'adolescence, votre corps devient peu à peu celui d'une femme et vous commencez à éprouver du désir et à développer une curiosité sexuelle. Les hormones de votre corps se développent et votre caractère sexuel se définit de plus en plus, ce qui vous fait éprouver de l'attirance envers les garçons et une plus grande curiosité à l'égard de vos désirs et de votre corps.

En ce sens l'homme est un animal, car il éprouve un besoin instinctif de se reproduire. Toutefois, au contraire des autres animaux, **nous avons aussi une sensibilité et nous éprouvons des sentiments qui rendent l'acte sexuel très intime.** On cherche à se sentir près de l'autre, à lui communiquer notre désir et à fusionner avec lui. Ce ne sont pas seulement nos instincts sexuels qui nous guident, mais bien notre sensibilité et nos émotions. Vous pouvez commencer par embrasser votre amoureux et par le toucher avant d'avoir des rapports complets.

Quoi qu'il en soit, allez-y à votre rythme. Ne faites rien que vous n'êtes pas prête à faire. Respectez vos limites et prenez votre temps pour découvrir votre sexualité, et pour explorer votre corps et celui de votre partenaire. Dites-lui ce que vous ressentez et prenez le temps de bien analyser vos émotions lors de vos contacts physiques et sexuels.

Rappelez-vous qu'il est bon de prendre votre temps et de communiquer vos émotions à l'autre. De plus, n'ayez pas honte de vous masturber et de vous informer au sujet des pratiques sexuelles et de vos désirs. Vous développerez ainsi une sexualité plus épanouie, qui s'ajoutera à votre joie de vivre et vous fera sentir bien dans votre peau.

Timidité

Quand on éprouve une gêne incontrôlable

Quand on est timide, on éprouve une gêne incontrôlable lorsque l'on doit parler en public. On n'est pas à l'aise en présence de gens qu'on connaît moins, et on ne sait pas trop comment agir quand on se retrouve sur la sellette

On peut être timide parce qu'on a peur du ridicule ou du jugement des autres, ou alors parce qu'on manque de confiance en soi. Certaines personnes sont aussi plus réservées et timides de nature, ce qui les pousse à être plus discrètes lorsqu'elles se retrouvent en groupe.

Physiquement, quand on éprouve de la timidité, on sent que notre visage s'enflamme, que nos mains deviennent moites. On peut aussi avoir des sueurs froides, ou se mettre à trembler ou à bégayer sans pouvoir se maîtriser. Au secondaire, les exposés oraux ont souvent tendance à nous mettre dans tous nos états. On est si nerveuse de se retrouver devant une foule et de sentir tous les regards rivés sur nous qu'on en oublie parfois ce qu'on doit dire. Tout devient flou et on a des trous de mémoire. Pour vaincre cette intense timidité qui vous afflige, lorsque vous vous retrouvez devant un groupe, efforcez-vous de faire face à vos camarades de classe en les balayant du regard plutôt qu'en les fixant droit dans les yeux. Gardez vos notes près de vous, mais ne passez pas tout l'exposé à lire ce que vous avez écrit sans lever les yeux. Les soutiens visuels tels que les présentations PowerPoint peuvent être très utiles, car ils vous permettront non seulement de détourner le regard des autres vers votre présentation, mais en plus, d'avoir l'air plus détendue, de vous assurer de ne rien oublier et de rendre votre présentation plus intéressante. Si votre exposé porte sur un sujet qui vous passionne, essayez de vous laisser aller et de transmettre cet enthousiasme aux autres. Dites-vous que vous n'avez rien à perdre en partageant votre passion et en expliquant en quoi elle consiste. Pensez aussi à avoir une bouteille d'eau sous la main au cas où vous auriez la gorge sèche, et à prendre une grande respiration avant de commencer pour vous calmer un peu. Quoi qu'il arrive, dites- vous que tout le monde doit passer par là et que même s'il s'agit d'un dur moment, votre timidité s'atténuera d'une fois à l'autre.

Sachez que tout le monde vit des moments de grande timidité de temps à autre.

Certaines personnes nous intimident plus que d'autres, que ce soit un garçon qui nous plaît, une fille qu'on redoute ou quelqu'un qu'on admire beaucoup. On peut aussi se retrouver dans une situation gênante où on a terriblement honte et où on devient toute rouge. **Il faut par ailleurs apprendre à surmonter ces moments de gêne et à ne pas être trop dure envers soi-même.** Je crois qu'il nous est arrivé à toutes de trébucher sans raison. C'est encore plus gênant quand nos amis ne sont pas là pour nous redonner un peu d'aplomb et quand on fait une chute devant des dizaines d'inconnus, mais mieux vaut se relever avec grâce et détermination et rire de soi-même que de se mettre

à pleurer. Dites-vous que cela arrive à tout le monde.

Si toutefois vous avez de la difficulté à vaincre votre timidité et que vous sentez que cela vous complique la vie et que cela vous nuit la plupart du temps, la meilleure chose à faire, c'est d'affronter vos peurs et de prendre le taureau par les cornes. Vous pouvez vous inscrire à un cours de théâtre ou d'improvisation, qui vous encourage et vous force à parler en public, ou alors à un atelier ou à une activité qui vous passionne et qui vous pousse à sortir de votre coquille. Beaucoup de gens connus sont de grands timides, et ils ont dû apprendre à maîtriser leur nervosité et à devenir plus confiants, alors dites-vous qu'avec un peu de détermination, vous pouvez vous améliorer et apprendre à vous exprimer davantage sans avoir peur du ridicule.

Rappelez-vous : qui ne risque rien n'a rien. Ne soyez toutefois pas trop intransigeante envers vous-même.

Il n'est pas mauvais d'avoir une certaine gêne et parfois, mieux vaut être timide et dire des choses pertinentes que de proférer des stupidités et de crier des bêtises à tue-tête. De plus, vous constaterez peut-être que votre timidité vous donne un attrait mystérieux dont les garçons raffolent et qu'elle ne vous empêche pas de progresser et de fonctionner dans votre vie quotidienne. Si c'est le cas, il faut essayer de faire face à vos peurs et de ne plus craindre le regard des autres. Pour le reste, il suffit de vous accepter telle que vous êtes et d'apprendre à travailler sur vos faiblesses et à contrôler votre timidité.

LA VIE COMPLIQUÉE DE Léa Olivier

En 2014, la série phénomène pour les ados sera au rendez-vous.

Sortie du Tome 6 en juin suivi d'un hors-série en novembre.

Premier guide ludique pour les lectrices de Léa Olivier !

Tomes 2 et 3 en juillet et octobre.

Lancement de l'adaptation de la série en BD.

Scénario de Didier Alcante

Dessin de Ludo Borecki

sortie en octobre

Vous découvrirez aussi son équivalent masculin.

L'INCROYABLE HISTOIRE DE Benoit-Olivier

sortie le 7 mai 2014

Sortie du tome 3 en août et du tome 4 en octobre.